89

Caroline Michel est journalist
blog ovary.fr autour de thèmes qui lui tiennent à cœur
humaines et le temps qui passe. *89 mois* est son premier roman.

CAROLINE MICHEL

89 mois

PRÉLUDES

Préludes est un département de la Librairie Générale Française

ISBN : 978-2-253-07088-7

À Maxime.

Je parle en disant je, j'ai rien trouvé de plus honnête.

Buridane, « Rapport à »

Ils s'exclament : « Trente-trois ans, l'âge du Christ ! » Je pense « celui d'avoir un enfant ».

Je souffle mes bougies.

Dans mon vœu, ça sent le lait, le talc, et une souris verte court dans l'herbe.

89 mois

Quelques heures plus tard, de retour chez moi, je dépose mon cadeau d'anniversaire – une cafetière – dans un coin. Je m'assieds sur un carton, dans la pénombre, ma veste toujours sur les épaules, les doigts qui jouent avec mes clés. Je fixe les rainures du parquet puis les murs très blancs. Ça sent encore la peinture. La lumière rouge d'une enseigne de kebab éclaire légèrement la pièce. Je crois que c'est le moment, je crois que je vais le faire.

Faire mon bébé toute seule.

Je sens à l'instant même une présence dans mon nouvel appartement. Je le scrute à la recherche d'un public, prêt à applaudir ou à désapprouver mon initiative. En réalité, il n'y a personne. Juste un sentiment de gêne qui se cogne à un sentiment de fierté.

J'ai trente-trois ans, ça y est. À quarante ans et des poussières, mon corps sera hors jeu. Il me reste donc sept grosses années pour faire un enfant, soit quatre-vingt-neuf mois. Un chiffre minuscule. À peine deux mille sept cents jours. Que peut-on faire en deux mille sept cents jours ? Rien. J'en ai déjà mis cinq à construire trois meubles Ikea.

Je regarde le prix d'une insémination artificielle en Espagne et mon compte en banque. Ça coince. Mais cinq minutes plus tard, ça colle : je vais faire un bébé dans mon quartier, lire sur les visages des hommes s'ils sont fertiles, passer dans des lits puis à la pharmacie.

Ton père sera peut-être le banquier, un voisin, un collègue, un ami ou un ennemi. J'essaierai de me donner le choix. Je voudrais que tu sois jolie.

Je saisis un calendrier, laissé ici par les ouvriers. Nous sommes le 28 août, il est trois heures du matin, c'est la Sainte-Augustine. Ce prénom t'ira bien. Une chance que je n'aie pas pris ma décision hier, tu te serais appelée Monique.

Les yeux rivés sur mon nouveau décor, je prends plaisir à me répéter que j'attends un bébé. Pas un bébé logé dans mon ventre jusqu'à son terme. Non. J'attends un bébé comme on attend le métro ou l'été : en espérant qu'il débarque.

J'espère que tu ne m'en voudras pas d'une telle comparaison. Tu sais, des tas de gens bien attendent le métro et l'été.

Le compte à rebours est lancé.

*

J'ai toujours voulu des enfants, comme la plupart des filles. Je n'en ai jamais fait une obsession pour autant. Gamine, je jouais à la poupée. J'en avais deux, nées blondes et souriantes un soir de Noël, Carole et Valentin. Je les cajolais, les nourrissais et les promenais dans les bois derrière chez mes parents. À dix ans, je mettais Ken sur Barbie sur la moquette de ma chambre. Deux minutes plus tard, elle accouchait.

À cette époque-là, je pensais que la vie se déroulerait simplement : je rencontrerais un homme à vingt ans, peut-être vingt-deux, on tomberait amoureux et on ferait gentiment les choses dans l'ordre. Nos premiers rendez-vous, nos premiers jobs, des soirées entre amis, des dimanches interminables en famille, la décision de vivre ensemble, et un matin celle de faire un bébé. Je me voyais déjà laisser un Post-it sur sa table de chevet : je suis enceinte. Lui qui rentre le soir, me soulève, sabre le champagne, dit ah bah non, tu ne peux pas boire de champagne. Des larmes dans ses yeux et ses mains qui relèvent mon tee-shirt, hâtives, pour sentir, tâter, palper. Une somme de clichés que j'attendais de pied ferme.

Une vie sans enfant me paraissait inconcevable. Et bien sûr je voulais tout ce qui va avec, le mariage et le mari, la maison et le jardin.

Alors, quand je suis arrivée à Paris pour mes études, j'observais en amphi les garçons autour de moi, je me demandais lesquels cherchaient quelque chose de sérieux avant de me demander lesquels me plaisaient vraiment. Je voulais vivre une grande histoire et fonder une famille.

J'entendais déjà des cris de joie sur la pelouse et les grincements de la balançoire. Ma future maison sentait le chocolat chaud et le doudou qu'on cherche partout. Ce rêve tournait en boucle, seule dans mon studio le soir ou le regard plongé dans celui d'un homme qui l'incarnait plutôt bien.

J'en ai croisé des regards, j'en ai fait des rencontres. Mais rien ne s'est jamais construit comme je l'imaginais.

Avec Julian, tout semblait bien parti. On s'est rencontrés à vingt-six ans. On avait l'expérience de notre âge, quelques casseroles, mais une envie commune, celle de bâtir. Ensemble, on s'est éclatés, on s'est aimés très fort. On a pris un appartement au bout de deux ans dans le XIVe arrondissement, rue de Plaisance. C'était simple, c'était bien. Mon désir de maternité était toujours présent. Mais il était moins bruyant. Une sensation d'avoir fait un bout du chemin, d'être face au père de mes enfants. On allait la fonder, cette famille. Il n'y avait rien de plus certain, c'était logique, lancé. Je vivais la vie que j'avais toujours voulu mener.

On parlait parfois d'enfants mais sans vraiment se prendre au sérieux. On trouvait qu'il était trop tôt et on ne se mentait pas. On avait le temps, on le savait. On aimait l'idée qu'il nous restait ce grand projet après celui du mariage et de visiter la Thaïlande.

Il y a une grosse année, l'été qui a précédé notre séparation, j'ai eu un accident de pilule. J'ai pris le mauvais comprimé. L'alcool me fait perdre toute notion de dimension : j'ai avalé un Doliprane.

On a franchement ri. T'es sérieuse, t'as pris un Doliprane ? Fais un test, on verra bien.

Quinze jours après ma bourde, j'ai acheté un test de grossesse. Je n'en avais jamais fait. Julian m'attendait dans le couloir, il guettait mes bruits, le test qui se déballe, le pipi maladroit au Paracétamol. Je tremblais dans nos toilettes, il s'agitait derrière la porte. Le parquet grinçait sous ses allers-retours qui ne faisaient que du surplace.

J'étais assise en équilibre, j'essayais de bien viser le bitoniau et peu m'importait le résultat. Si le bébé était pour maintenant, pourquoi pas. S'il avait décidé de prendre son temps, pourquoi pas.

J'ai ouvert la porte pour retrouver Julian. L'urine progressait dans le test, on guettait le résultat. Julian affichait un visage étrange. Peut-être qu'en l'espace de quelques jours, il avait pris le temps de se projeter en silence et se faisait à l'éventualité. Peut-être même qu'il la trouvait jolie.

Et puis une barre est apparue. Julian est allé dans la cuisine faire cuire des pâtes, plutôt indifférent au spectacle, et moi, je suis restée là à fixer le test. Je ne comprenais pas pourquoi il n'y avait qu'une barre. Désagréable, cette barre, elle me provoquait. J'avais envie de lui montrer mes seins pour lui prouver ma féminité et lui dire : moi aussi, je peux tomber enceinte, qu'est-ce que tu crois ?

J'ai su à cet instant que si faire un enfant était un projet que l'on envisageait dans deux ou trois ans, on pouvait l'envisager maintenant. Je voulais y aller tout de suite, avoir un enfant pour l'année prochaine. Je m'apprêtais à fêter mes trente-deux ans. J'ai le souvenir précis d'avoir pensé : « C'est l'heure, je serai maman à trente-trois ans. » J'ai rejoint Julian dans la cuisine, j'ai mis de l'huile d'olive dans la casserole et je lui ai dit :

— On vient de se prendre un non, du coup je comprends que je voulais un oui. Le Doliprane doit avoir des vertus contraceptives.

— Il faut peut-être que j'arrête d'en prendre aussi.

On a décidé que je stopperais la pilule à l'automne. Je ne sais pas pourquoi à l'automne. Peut-être parce qu'on n'a jamais su quoi s'offrir à Noël.

Mais quelques semaines plus tard, Julian a mis les voiles après cinq ans d'histoire. Il prenait son petit déjeuner devant la télé, c'était un dimanche de septembre. Il semblait perdu dans ses pensées face aux résultats du foot. Il m'a dit Jeanne, j'en ai marre, je ne sais pas ce que j'ai mais j'ai besoin d'air.

J'ai ouvert les fenêtres en grand, il a rigolé.

C'est la dernière fois que je l'ai vu rire.

Son « je ne t'aime plus » a ensuite résonné dans l'appartement et a coupé court à ma tentative de le retenir. Mes bras qui essayaient de l'agripper ont lâché prise et sont tombés le long de mon corps en pyjama. Une heure plus tard, il avait bouclé un petit sac avec « l'essentiel », m'embrassait sur le front et me promettait de repasser dans la semaine pour gérer les papiers. Mon souffle s'est coupé, je n'avais rien vu venir. J'ai laissé les fenêtres ouvertes des jours entiers à la recherche de l'air qu'il me volait en partant.

Notre histoire connaissait des hauts et des bas, comme toutes. Certains soirs, il avait l'air absent, mais ça ne m'a jamais inquiétée, ces prises de repos, ce besoin d'être seul, de s'isoler un peu. Je me suis inquiétée quand il était trop tard.

Très vite, il s'est envolé pour le Togo. Une envie de servir la planète, les gens, de combattre la misère, d'en finir avec son boulot de publicitaire, mercantile et dénué de sens. J'aurais pu voir venir sa crise de la trentaine, il achetait des paniers de légumes bio, des slips développement durable et envisageait de s'inscrire au qi gong. Et il m'a donc plantée pour aller construire des écoles en Afrique. D'après Alice et Alfred, des amis communs dont je suis restée proche, Julian pensait beaucoup à moi là-bas, les premiers temps. Mais il voulait tenir bon, changer de vie, ne plus me contacter pour ne pas être tenté de revenir. Parfois, j'avais envie de l'appeler, l'idée qu'un « allô » le ramènerait. Je n'ai jamais osé. J'avais peur qu'il s'en foute, j'avais même peur qu'il ne reconnaisse pas ma voix.

Il a filé avec la possibilité de fonder une famille. Je me suis demandé si ce qui me rendait le plus triste, c'était de le perdre lui ou de perdre le papa qu'il aurait été. Sans doute un peu des deux. J'avais donc tout perdu. Ma vie était aussi palpitante qu'un rêve de gosse qui mord la poussière. Mais par chance, je savais déjà que le Père Noël n'existe pas.

J'ai bien arrêté ma pilule pour les fêtes. Parce que c'était prévu, décidé. Face à la tablette de comprimés que je n'ai pas entamée, j'ai imaginé continuer l'histoire toute seule, me disant alors qu'elle deviendrait mon histoire, ma famille.

J'ai pensé à faire un bébé sans personne. Une idée brillante soufflée par mon chagrin, qui un jour m'a même suggéré d'aller construire des écoles en Afrique.

Et puis j'ai aussi pensé que c'était trop fou. L'idée est restée dans un coin de ma tête, sans insister. Pas de caprice, pas de tapage nocturne. J'entendais parfois des filles célibataires se demander comment elles feraient si elles ne rencontraient jamais l'homme de leur vie. Elles n'avaient pas la réponse. J'en avais l'ombre d'une. J'ignore pourquoi cette solution s'invitait à moi quand d'autres n'avaient pas l'air de l'invoquer.

Ce soir, face à mes trente-trois ans fêtés il y a une poignée d'heures, face à cette promesse que je me suis faite il y a maintenant un an, le soir où nous avons mangé des spaghettis avec Julian, tout me semble clair. Je ne veux plus attendre.

Je vais dans la chambre, ma nouvelle chambre. Pour l'instant, il y a seulement un matelas au sol, à gauche quand on entre. J'allume la lumière. Je vois déjà ton petit lit près du mien, nos réveils en pleine nuit, nos conversations entrecoupées de tes pleurs, tes premiers mots et tes premiers pas. Je ne sais pas encore où nous mettrons la balançoire dans ces trente-cinq mètres carrés, mais nous trouverons.

On sera bien ici et il était temps que je m'installe. Quand nous avons rompu avec Julian, j'ai remballé mes affaires petit à petit, carton par carton. Notre appartement se vidait, je le regardais en me disant « tout ça pour rien », doutant même d'y avoir vécu. Puis j'ai atterri chez mes parents en attendant mieux.

Le mieux est arrivé, j'ai quitté ce toit provisoire et j'ai signé il y a deux semaines pour ce grand studio près du cimetière du Père-Lachaise. J'ai loué un camion, j'ai tremblé sur la route. Un premier étage sur rue, une rue calme avec une auto-école, un kebab et une boulangerie pour tout recommencer. Et désormais, c'est décidé, tout recommencer avec toi.

Bon, il est temps que j'éteigne la lumière, j'ai trente-trois ans à rattraper.

*

— Je ne comprends pas.
— Quoi ?
— Ton idée.
— Bah si.
— Bah si quoi ?
— C'est simple à comprendre.
— Bah non.

Nous avons beaucoup de conversations de ce type avec Alice. Peut-être la faute à mes idées ou bien la faute à ses principes. Elle a réagi de la même façon quand j'ai entrepris de m'acheter un scooter ou de me faire couper les cheveux très court. Depuis qu'ils ont repoussé, elle se sent beaucoup mieux.

Alice est une fille très carrée qui n'arrondit jamais les angles. Elle sait le bien, elle sait le mal et donne des leçons à tout-va. C'est l'heure de pointe, on prend le métro. Il fait froid, garde ton gilet. Achète des oranges et presse-les, c'est de la merde les jus concentrés.

Au premier abord, elle donne envie de fuir. Quand je l'ai rencontrée, c'était chez Alfred et elle, ils fêtaient leur crémaillère. Elle m'a conseillé de boire un verre d'eau entre chaque verre d'alcool. Je me suis demandé si mon rapport à la bière semblait ambigu et si elle craignait que Julian fréquente une alcoolique de seconde classe. Il m'a rassurée : elle est comme ça, ne t'inquiète pas. Elle interdit à Alfred de saler ses plats avant de les goûter.

Alice ne cherche pas à emmerder son monde – même si souvent elle l'emmerde. Alice est seulement bienveillante. Elle prend soin de ses proches. L'alcool et le sel tuent, il faut prévenir.

J'ai finalement été flattée. Je faisais déjà partie de ses proches.

Cet après-midi de début septembre, vautrée sur mon canapé depuis trente minutes, elle affirme, tête droite et idées bien rangées, qu'elle n'est pas en mesure de comprendre mon PROJET. Elle le dit en majuscules, je l'entends, je le vois même dans ses yeux : les lettres grossissent. Puis je le vois à sa bouche qui s'arrondit. Le mot est gros, le mot est tache. Elle déclare qu'on ne peut pas appeler ça un projet et que faire un bébé sans père est totalement irresponsable. Que je vais mettre au monde un gamin sans repères et que, non, avoir des hommes dans ma vie, des potes, un père, ça ne change rien. Elle dit qu'un enfant a besoin d'équilibre, un équilibre qui s'établit entre une figure maternelle et une figure paternelle. Il va faire une « crise identitaire ».

Je ne vois pas en quoi l'élever seule le rendra fou ou autiste ou crétin ou moche ou mal dans sa peau mais elle maintient que je dois patienter, calmer mes ardeurs et me faire soigner.

Alors elle me dit : je ne sais pas ce qui te prend, tu devrais voir un psy.

Elle touche son ventre, ses sept mois de grossesse, son petit Alban qui va venir au monde en octobre. Plus j'expose mon idée et ma démarche, plus elle enveloppe son bébé de ses mains, comme si elle craignait qu'il n'entende une grossièreté.

J'en conclus qu'elle et Alfred ne doivent plus beaucoup avoir de rapports sexuels.

Alice avance que le désir d'enfant est un désir qui se manifeste à deux. Elle a rencontré Alfred et « elle a su ». C'est là que son envie a réellement pris forme. Elle a eu l'homme et le désir d'enfant en même temps. Très bien pour elle. Mon désir à moi n'a pas attendu Julian pour s'exprimer, il n'a pas non plus profité de son départ pour se taire. Elle prétend que son désir se serait envolé avec Alfred si ce dernier était parti.

— Eh bien moi, Julian a oublié d'emporter avec lui mon envie de bébé. Il ne devait plus y avoir de place dans son sac.

— Non, non, on l'a conduit à l'aéroport, il avait un gros sac.

Elle essaie même d'estimer la taille du sac en écartant ses mains l'une de l'autre.

— Comme ça. Tu vois. Dis-toi que ton envie de môme est partie avec lui. Et maintenant, attends de rencontrer quelqu'un, c'est simple et ça viendra quand tu ne t'y attendras pas.

Alice feuillette beaucoup d'almanachs de pensées positives.

Je ne suis pas d'accord. Je ne peux pas taire mon désir en attendant qu'un homme le réveille, ou du moins le légitime. Je n'ai besoin de l'autorisation de personne. Avoir un homme et un enfant, ça ne va pas forcément ensemble, on peut avoir l'un sans l'autre et l'autre sans l'un. Puisque l'amour ne semble pas s'accrocher là où un embryon peut encore y parvenir, je vais faire ce bébé. L'embryon ne dépend, a priori, d'aucun sentiment.

— Tu peux bien avoir un enfant à trente-cinq ans, même à quarante ans, qu'est-ce que ça peut faire ? continue Alice.

— Ça fait qu'à quarante ans, c'est plus compliqué. Et ça fait qu'à quarante ans, j'aurai un enfant, pas dix.

— Tu les auras peut-être d'un seul coup, grâce à la stimulation des ovaires.

Dans mon salon en construction, le débat est sans fin. Alice goutte, il fait chaud. Elle enchaîne les verres d'eau et reprend son souffle après chacun, en me disant : « Quand même, Jeanne, patiente, t'as le feu au cul ou quoi ? »

Nous sommes coupées par un appel d'Alfred qui termine la chambre du petit. Elle sera verte. Bleu, c'était cliché. Alice et Alfred discutent de l'emplacement du lit. Elle raccroche.

— Ça ne pouvait pas attendre ton retour, le lit ?

— Non, je lui ai demandé de me faire la surprise et il voulait être sûr que ça me plaise.

À propos de déco et de travaux, Alice soupire que c'est dommage, son gros ventre ne lui permet pas de bouger aisément, sinon elle m'aiderait avec plaisir à modeler mon nouvel appartement. Elle adore ça, elle lit tous les *Elle Déco*, corne les pages et parfois les découpe.

— Et la machine à café, bien ?

— Très bien, merci encore.

— Mais sinon, c'est pour faire comme Julian ?

Au Togo, Julian a chopé le palu et rencontré une certaine Aurélie qui bossait pour Médecins Sans Frontières. Quand ils sont rentrés en France, elle a chopé une grossesse. Elle lui a sauvé la vie, il lui en a offert une qui devrait voir le jour en janvier.

— Julian ne fait pas un bébé tout seul. Il le fait avec Aurélie.

— Oui, mais t'as compris ce que je voulais dire.

— Non.

— Bah si.

— Bah si quoi ?

— Bah c'est simple à comprendre.

— Non.

*

Avant que je me couche, mon « rappel pilule » a sonné sur mon téléphone. Je ne l'ai jamais supprimé, parce que ça m'a toujours fait plaisir de lui dire merde.

Ma conversation avec Alice tourne en boucle dans ma tête et m'empêche de dormir. Et puis il fait très chaud. Enfin, c'est peut-être mon cul.

Je me pose mille questions sur mon envie et je me dis que le mieux à faire, c'est sans doute de l'accepter. Il me faudra être ma meilleure alliée, la plus indulgente possible, il me faudra tenir bon, ne pas me juger même si je me regarde ce soir d'un drôle d'œil, à me demander si je suis normale ou hors des clous. Peut-être même que je suis folle et que mon corps est un imposteur, victime d'hormones intenables ou d'une société oppressante. Je ne pense peut-être pas par moi-même, peut-être que mon désir est partout sauf en moi, peut-être qu'il est bien parti avec Julian et que je me mens, que j'en retiens un bout pour retenir mon passé. Je n'en sais strictement rien, foutrement rien, je sais simplement que mes songes d'enfant n'ont jamais été enterrés, que le bruit de la balançoire est intact – il a même percé mes tympans quand j'ai soufflé mes bougies dans le salon d'Alice et d'Alfred.

Je passe une partie de la nuit à lire des forums sur Internet au milieu de mes derniers cartons à déballer. Il y a des femmes qui racontent qu'elles ne peuvent imaginer une vie sans enfant ; elles cherchent une solution, elles pourraient coucher avec leurs meilleurs amis, c'est au pluriel, elles sont ravies, elles ont plein de meilleurs amis, il n'y a plus qu'à espérer qu'ils soient généreux ou légèrement crédules. D'autres projettent d'aller à Bruxelles ou à Barcelone se faire inséminer.

Elles demandent : « Vous en pensez quoi ? » Certaines les encouragent, d'autres s'insurgent, elles disent que c'est du délire, qu'il faut attendre l'amour, parce qu'il n'y a rien de plus beau que d'élever un enfant à deux. J'ai envie d'intervenir : on peut faire un enfant à deux et se retrouver à un, il y a bien des papas qui partent, et ça, on ne le choisit pas.

Mimi65, elle, prétend qu'être mère seule, c'est tout donner à son enfant, c'est le rendre fou, c'est n'avoir aucun autre centre d'intérêt puisqu'on n'a pas d'homme à regarder. Je ne trouve pas ça plus sain d'être passionnée par son homme. Une femme lui répond qu'elle fait beaucoup de tricot. Je trouve ça mignon. Moi aussi je me mettrai au tricot et je brandirai des écharpes sophistiquées pour me défendre. Et je dirai même que je t'ai laissée seule dans la voiture en plein soleil.

Étoile12, elle, raconte qu'elle a lu des témoignages de femmes qui tombaient enceintes alors qu'elles n'avaient pas eu de rapports sexuels. Je regrette soudainement de ne pas être baptisée.

Je m'endors vers six heures du matin. À onze heures, je suis réveillée par de la musique qui ferait presque trembler les murs de mon appartement. Ça vient des voisins de gauche. Je vais frapper chez eux pour leur demander de baisser le son. Le voisin m'accueille d'un « bonsoir », je devine qu'il vit seul et n'a pas plus dormi que moi. J'hésite à rétorquer qu'il est bientôt midi, mais je le convie simplement à faire moins de bruit. Il grimace, désolé.

Face à lui, plutôt beau garçon et quelques années de moins que moi je me demande s'il ferait un bon géniteur. Désormais, je vais chercher ton père partout. Je vais faire l'amour, ou plutôt la procréation. Je ne veux pas offrir mon corps à tout-va, et pourtant je ne vois pas comment faire autrement. On pourrait inventer d'autres façons de tomber enceinte, se toucher les doigts, boire dans le même verre ou partager une brosse à dents. Tomber enceinte comme on attrape un rhume et se mettre au tricot pour que tout se passe toujours bien.

*

Quelques jours de réflexion plus tard, j'ai un tout petit peu honte de ce que je m'apprête à faire. Comme je ne voudrais pas que tu penses que ta mère est une traînée, sache que les petites filles naissent dans les roses et que je ne ferai jamais rien d'autre qu'aller te chercher chez Interflora. Alors je repense à Loïc, un ami de fac avec qui la cueillette se ferait très proprement. Un soir, on s'était dit après pas mal de bouteilles que si à quarante ans on n'avait personne, on se mettrait ensemble. Nous serions nos « substituts ». La seconde qui a suivi, nous nous sommes embrassés. Nous avons partagé deux semaines un bout de relation, je crois que c'était une envie de « tester » ce que l'on pourrait donner. On n'a pas donné grand-chose.

On se l'est dit très vite, un après-midi de mai, chez lui, près de son punching-ball. Mais on tiendrait notre promesse quand même, « parce que nous étions mieux que rien ». Nous sommes restés proches, nous avons continué de sortir, de partager nos cours et de les sécher ensemble. Ensuite, la vie a fait que.

Il accepte de me revoir. Il faut que je lui annonce très sérieusement que les règles ont changé : si à trente-trois ans on n'a personne, on fait un enfant et je disparais.

Je me demande s'il se souvient de tout ça, je me demande aussi à quel point ça peut paraître ridicule d'avoir pris au sérieux ce que tout le monde dit en plaisantant. Dans mon cas et aujourd'hui, je me dis que ce n'est pas si con, comme promesse. On devrait toujours avoir un plan B, assurer ses arrières.

Dix ans plus tard, sur une terrasse ensoleillée, Loïc se tient en face de moi. Il a quelques cheveux blancs, ça me saute aux yeux. Il n'a jamais lâché la fac de droit, il est devenu notaire. Notre conversation est inexistante, je ne parviens pas à lui donner d'élan. Nous n'avons rien à nous dire. Je regarde les passants, je bois très vite mon café, je me brûle la langue et hésite à mettre le sujet sur la table. Il ne me demande pas ce qui m'amène, son manque de curiosité m'étonne, mais en même temps, les intentions de quelqu'un qui vous recontacte après tout ce temps sont assez claires, selon moi ça sent toujours le désespoir, on pioche dans ses vieilles connaissances parce qu'on n'a rien d'autre sous la main.

Il me pose quelques questions, auxquelles je réponds très brièvement parce que je ne suis pas à l'aise. Il s'exclame : « Toi, Jeanne, contrôleuse

SNCF ! » Il pouffe et plisse les yeux, le soleil le gêne. Puis il se décide à parler de lui, afin de noircir les blancs. Sa vie tourne autour de son boulot, il vit seul, en banlieue, il essaie d'écrire une pièce de théâtre : quatre personnages, deux couples et un quiproquo. Il fait du rock, il va danser le soir dans le quartier de la Bastille, un bon plan pour rencontrer des filles, mais souvent ce sont des vieilles, avec des escarpins aux talons grossiers, pas terribles.

Je croise mes jambes, l'envie de lui mettre mes pieds sous le nez, pour lui montrer que mes baskets sont sympas ET de sa génération.

Ses yeux ne bougent pas, il fixe l'addition en continuant à parler de tout et de rien. Maintenant qu'il a brisé le silence, il ne lui laisse aucune chance de revenir. Sa voix est agitée, je sens qu'il veut plier le moment, trois pas de rock à quatre temps qu'il mimerait presque depuis sa chaise, histoire de partir dans cinq minutes en ayant joué le jeu. Il triture maintenant l'addition, je lui dis qu'il va finir par la déchirer. « Ce n'est pas grave, on sait combien on leur doit. T'as de la monnaie ? »

Il sort deux euros trente pour son café allongé, balance les pièces sur la table et me dit qu'il doit y aller. Avec un petit : « J'espère que tu n'es pas une contrôleuse trop chiante. » Je reste plantée là. Si la SNCF pouvait verbaliser tous les petits cons de la Terre, elle aurait assez d'argent pour qu'aucun train n'arrive plus jamais en retard.

Je ne le reverrai pas. Il n'a pas l'air d'en avoir envie, je n'en ai pas envie non plus, du moins à moitié, parce que je pense à toi, que je ne peux pas commencer à chipoter sinon on n'est pas sorties d'affaire.

Je repars énervée. Je vais nous sortir d'affaire.

*

Quand on cherche le mot « tomber » sur Internet, on a dans l'ordre : *tomber, tomber enceinte, tomber la chemise.* Je pourrais être préoccupée par la conjugaison de tomber au subjonctif ou par les paroles de Zebda, mais je fonce sur les quelques conseils pour tomber enceinte rapidement.

La première chose à faire, c'est d'avoir un homme.

La première chose à faire, donc, c'est de connaître mon cycle sur le bout des doigts. Il faut prendre sa température tous les matins et tracer des courbes afin de connaître ses périodes d'ovulation. Je décide de descendre chez Carrefour m'acheter un cahier et à la pharmacie un thermomètre.

La sonnerie retentit sous mes pieds. Le pharmacien surgit. Blouse blanche, barbe à peine présente, crâne légèrement dégarni, cheveux encore très bruns, large sourire et yeux malicieux. Un regard d'enfant malgré une trentaine prononcée. Mon nouveau quartier sent la bonne pioche, on verra ce qu'il en est du caissier de Carrefour.

Il me demande ce dont j'ai besoin. Je pense « de toi, monsieur », je réponds « d'un thermomètre, s'il vous plaît. » Il en sort plusieurs d'un tiroir immensément large, les pose sur le comptoir et me présente les modèles un par un. J'hésite, je choisis au physique, le rouge a du style.

Il me suffit de descendre trois fois lui expliquer que ça ne marche pas alors que ça fonctionne parfaitement pour me retrouver assise dans la pharmacie avec mon thermomètre sous le bras, lui qui me tripote l'aisselle pour bien le placer. Je lui fais de grands sourires, il me les rend. Je repars avec trente-sept degrés et son numéro de téléphone.

Finalement, tu vois, ce n'est pas très compliqué, Augustine.

Deux jours plus tard, le pharmacien monte me voir, il faut dire que son trajet n'est pas bien long. Nous discutons de mon appartement et du quartier tout nouveau pour moi. Il voit des étagères au sol qui attendent d'être fixées et me propose de passer bientôt avec une perceuse. On se dit que mardi, c'est bien, puis je nous sers à boire. Il opte pour une grenadine, je fais une drôle de tête.

Nous savons tous les deux pourquoi nous sommes là, à une conséquence près.

« Arnaud », dit-il par politesse avant de me sauter dessus. « Jeanne », je réponds.

L'espace d'une seconde je me demande ce que je suis en train de faire. À quoi ça rime de coucher aussi brusquement. Ça ne me ressemble pas. Ça ne me ressemblait pas.

Nous faisons l'amour avec un préservatif et là je comprends que j'ai oublié un léger détail dans mon plan.

Je suis très étonnée qu'Alice ne l'ait pas relevé.

*

J'arpente les rayons de Truffaut avec Éléonore. Éléonore est ma collègue. Une fille immense de vingt-neuf ans qui sourit en permanence. Rousse et empreinte de taches de rousseur, elle est solaire. Bourguignonne, elle a le visage d'une fille qui joue à cache-cache dans un champ de maïs.

Elle s'émerveille devant les hamsters, les transats, et même les poulaillers. Elle dit que l'ambiance lui rappelle son enfance, sa grand-mère. « On devrait venir plus souvent. »

Nous cherchons de la lavande à faire sécher afin que je me prépare un petit cocktail qui nettoie les trompes. Une recette trouvée sur Internet. Éléonore respire des pots de fleurs à plein nez. Ses longs cheveux orange baignent dans la terre. Elle attrape deux pots de lavande persuadée qu'ils sont les plus décapants et choisit de me les offrir pour fêter mon projet. À cinq euros pièce, c'est moins cher que d'aller en Espagne ou en Belgique, observe-t-elle. Puis attends, ce sont des gènes de Belge ? Ton gosse avec un accent belge, ce n'est pas un peu l'enfer ? Je la suis jusqu'à la caisse, mon cadeau entre ses mains. Elle sort sa carte bleue en me faisant un clin d'œil.

Léo s'enthousiasme de tout. J'ai appris que le mot « enthousiasme » venait du grec ancien « avoir un dieu en soi. » Quand j'ai dit ça à Alice qui trouve Éléonore trop excitée et irresponsable, elle m'avait répondu que cette dernière devait avoir dix apôtres dans le cul.

Éléonore, ses dix apôtres dans le cul et moi-même remontons chez moi dépouiller la lavande pour la glisser dans des livres afin de la faire sécher. Face à ma bibliothèque qui gît encore au sol, nous optons pour un gros dictionnaire. Je remplis les pages A, comme Augustine. J, comme Jeanne. Éléonore remplit les pages E, nombreuses.

Peut-être qu'Éléonore aura un peu de ton papa.

*

Une semaine plus tard, après le boulot, nous allons toutes les deux chez moi. Nous croisons mon copain de palier bruyant, je glisse à Éléonore que ce serait bien que j'arrive à prendre contact avec lui. La fête des voisins est loin, nous ne sommes qu'en septembre. Selon elle, il faut que j'aille réclamer du sel.

Une fois dans mon appartement, nous secouons le dictionnaire au-dessus d'un sac plastique puis j'opère en cuisine. Lavande, eau chaude et sucre. Éléonore goûte avec moi et crache sa première gorgée sur son jean blanc. « C'est dégueulasse, on dirait qu'on boit un jardin. »

Elle s'excuse mais ne finira pas son verre. Ses trompes culpabiliseraient presque de ne pas subir le même sort que les miennes.

Elle met Goldman à fond dans mon appartement. « Elle a fait un bébé toute seule. » Comme tout le monde, nous avons toujours survolé les couplets et retenu que le refrain.

Elle allume une de ses cigarettes Vogue Menthol qui lui vont si bien. Concentrée sur les paroles, elle sourit : « Tu vas être la fille de la chanson. »

Cet après-midi-là, rue Merlin, l'ambiance est à la Provence et aux papas qui ne sont plus vraiment à la mode.

*

Éléonore me demande si j'ai entendu parler des donneurs de sperme sauvages. L'expression me fait sourire. J'imagine l'homme de Néandertal poser ses bourses sur mon oreiller.

— Ils sont d'accord pour faire des enfants à des femmes seules. Mais ce n'est pas légal je crois.

— Comment tu sais ça, toi ?

— J'ai regardé pour toi. Soit ils font ça naturellement – et vous couchez –, soit c'est artisanal : vous faites ça avec une seringue.

Elle regarde son mobile.

— Ils brandissent des curriculum vitae, les mecs. « Homme sérieux veut bien aider les femmes seules à tomber enceintes. Préférence pour la méthode naturelle. Accepte de disparaître sinon veut bien être le tonton. Ne fume pas. Se déplace. » Il y a beaucoup de Bretons. Et de fautes d'orthographe. Un type dit qu'il est « un peu typé italien ». Pas con, moi j'aime bien dire que je suis un peu suédoise.

— Je ne le sens pas, ton truc.

— Il y en a un qui propose de faire des enfants métis.

— Hein ?

— Bah il est noir.
— Ah bah oui.

*

Baskets aux pieds, je marche à vive allure dans le bois de Vincennes en attendant que Nicolas arrive. Nous avons rendez-vous pour notre jogging hebdomadaire près de chez lui. Le soleil est timide.

Je connais Nicolas depuis que j'ai six ans. Nous nous sommes connus à l'école primaire. Tous les vendredis après-midi, nous jouions à la balle au prisonnier et il ne courait pas vite, il était un peu gros, alors je le prenais toujours dans mon équipe parce que personne ne voulait de lui. Du coup, il en a pincé pour moi, et longtemps : pendant des années, il m'a écrit des lettres d'amour qu'il déposait dans la boîte à lettres familiale. Nous n'en parlions jamais. Il est devenu facteur.

Depuis, Nicolas tombe souvent amoureux. Ses parents se sont rencontrés comme dans un film, en traversant un passage piéton sous la pluie. Son père a abrité sa mère. L'histoire est belle. Si on oublie qu'elle s'est déroulée à Clermont-Ferrand.

Il parle beaucoup de ses parents, croit dur comme fer en LA rencontre et ne se promène jamais sans parapluie. Il fait parfois peur aux filles. À peine les voit-il qu'il sort le grand jeu. Éléonore a eu droit à une livraison de roses deux heures après l'avoir rencontré. Elle était tellement surprise et choquée qu'elle a engueulé le livreur.

Ce dimanche matin, il apparaît mais pas seul. Alfred est là, stressé par l'accouchement qui approche à grands pas. « J'ai besoin de me défouler », répète-t-il trois fois, en courant déjà sur place.

Nico déclenche le chrono et nous entamons le premier tour. Alfred fonce tout droit et nous sème rapidement. Je suis de près Nicolas qui maintient une bonne allure. Faire du sport, c'est sa vengeance contre ces balles au prisonnier où il ramait pour exister. Aujourd'hui, ses fesses sont en béton et son souffle est rythmé.

Peut-être que Nicolas est le « meilleur ami » dont les femmes parlent dans les forums sur Internet mais je suis incapable de profiter de lui. Et puis, je ne saurais pas comment lui faire part de mon projet. Je réagis comme une mère qui craint de dire à son enfant que le prince charmant n'existe pas et qu'ils envisagent, avec papa, de divorcer.

*

Je rentre avec Alfred en métro. Il est très rouge, ses jambes tremblent. Nous sentons l'effort et la transpiration dans cette rame de la ligne 3. Tandis qu'il s'essuie le front avec son sweat, il me balance : Alice m'a raconté.

Il a le ton grave, le ton du drame, le même ton que les gens emploient pour dire : « J'ai appris pour ton père, je suis désolé. » Je le regarde interloquée, prête à répondre : euh… oui ? Mes yeux suffisent à l'interroger. Il y va alors d'un discours moralisateur, calqué sur celui d'Alice.

Je ne sais jamais si ces deux-là se sont plu parce qu'ils voyaient le monde d'un même œil ou si Alfred a troqué sa façon de penser contre celle d'Alice. Je crois pouvoir affirmer qu'il continue de saler ses plats avant de les goûter quand elle est absente.

Je l'écoute me cadrer : ses propos sont vagues, il n'est pas né comme Alice. Il essaie simplement, en répétant les mots de sa moitié, de donner plus de poids à ce qu'elle peut penser. C'est un moyen de la défendre, peut-être de la décharger. Quand Julian m'a quittée, Alice a mis beaucoup d'énergie à me consoler. Je sais qu'Alfred fatiguait aussi. Un jour, il m'a prise entre quatre yeux en me demandant de « faire des efforts ». Ce n'était pas faute d'en faire, c'est simplement qu'Alice en faisait plus que moi.

Je sors du métro en l'embrassant. Je ne lui en veux pas. Il va être papa. Il se demande peut-être ce que ça fait d'être effacé du tableau.

*

J'ai pris rendez-vous chez le gynécologue pour lui expliquer mon projet, demander quelques conseils et m'assurer que mon corps est prêt à faire un enfant.

Il y a des revues pour les parents qui traînent sur la table. *Il pleure la nuit, que faire ? J'ai des nausées, que faire ? Mon périnée se fait la malle, que faire ?* Personne ne parle de concevoir un bébé toute seule. *Je suis seule et je veux un enfant, que faire ?* Cohen a du retard alors j'essaie de contracter mon périnée.

En plein exercice, j'entends mon nom : « Mlle Marmouset ? » Je bondis et quitte sa salle d'attente très chic et bourrée de tableaux d'art moderne que je ne décode pas. J'entre dans son cabinet.

— Alors, comment ça va ?

— Ça va.

— Qu'est-ce qui vous amène ?

Avant de me lancer, j'hésite. Je pourrais toujours lui dire que je suis là pour une épilation intégrale et partir en courant. Je réponds, un peu rougeaude mais les poings serrés : je n'ai pas d'homme dans ma vie et j'aimerais tomber enceinte.

Cohen fait de gros yeux et regarde sa montre. Il semble déjà pressé, mon utérus aussi est pressé, nous sommes tous pressés. Puis il embraie : « Toujours à la SNCF ? Déshabillez-vous, je vais vous examiner. »

Oui, je suis toujours à la SNCF, toujours contrôleuse de train, toujours la ligne Paris-Auxerre-Saint-Gervais, mais je ne vois pas le rapport. Je retire mon jean, ma culotte, mon tee-shirt et mon soutien-gorge puis m'allonge sur la table, les deux pieds dans l'étrier. Le gynéco s'approche de moi, son téléphone sonne, il fait alors demi-tour et répond. Une histoire de champignons. Tandis qu'il conseille à la patiente une douche froide sur ses parties génitales pour soulager les démangeaisons, j'attends patiemment, un courant d'air entre les jambes. J'aperçois la photo de ses enfants à deux mètres de moi quand je tourne légèrement la tête. Ils doivent en voir de toutes les couleurs, depuis la tour de Pise. Toujours en ligne, Cohen informe la petite dame qu'il lui fait parvenir une ordonnance et se dirige enfin vers moi, d'un pas lourd et fatigué.

Le docteur, cheveux grisonnants et lunettes qui donnent l'air intelligent, sort son spéculum et m'écarte le vagin. J'ai un beau col. C'est super, ça, merci. Je me sens gâtée par cette nouvelle.

Il pratique ensuite une petite échographie pelvienne et m'invite à regarder l'écran en face. Je suis à poil face à mon utérus en deux dimensions. Je jette un demi-œil et ne comprends rien. On se croirait dans une grotte. Je voudrais réserver ce spectacle à un jour prochain où le docteur me dira : « Cette petite tache, là, c'est un bébé. »

Tandis qu'il me raconte que tout va bien, il se décide enfin à revenir sur l'objet de ma visite : pourquoi aller plus vite que le temps ? Vous l'avez, le temps, Mlle Marmouset.

Non, je n'ai pas le temps, j'ai eu mes règles à treize ans, ça fait vingt ans que mon corps est en marche pour féconder, j'ai trente-trois ans et dans quelques années, mes ovaires vont crever. Je veux dès demain un agenda plein de rendez-vous gynécologiques, un gros ventre et des coups de pied derrière le nombril.

Ce qui serait vraiment pratique, c'est que par souci professionnel il me prenne sur sa table maintenant. Ça réglerait le problème. Et concevoir un enfant dans un cabinet gynéco avec un gynéco, je ne sais pas pourquoi, mais je trouve que ça ressemble à du travail bien fait.

Il continue : sinon, vous pouvez bien tomber enceinte par accident, comme vous dites. Mais qu'est-ce que ça veut dire « par accident » ? Soyez prudente.

Puis il continue encore : sinon, pour tomber enceinte, n'oubliez pas que l'obsession est l'ennemi premier de la fécondation.

Puis il continue, encore, encore : sinon, vous le savez, pour multiplier les chances de tomber enceinte, il faut avoir des rapports réguliers.

Son discours ponctué de « sinon » est un discours qui progresse à tâtons, entre le devoir de me raisonner et celui de me conseiller.

Je prends ce que j'ai à prendre. Et mon compte rendu de l'échographie pelvienne.

« 20 septembre

L'utérus est antéversé et médian.

Ses dimensions sont normales :

7 cm de hauteur,

4,3 cm de largeur,

3,8 cm d'épaisseur.

Ses contours sont harmonieux.

Sa structure est homogène.

La muqueuse utérine est d'épaisseur normale, homogène (4 mm d'épaisseur totale), la cavité utérine est virtuelle.

L'ovaire gauche est de dimension normale (30 × 18 mm), sa structure comporte plusieurs formations liquidiennes de quelques millimètres de diamètre, de type folliculaire.

L'ovaire droit est de dimension normale (33 × 23 mm), sa structure comporte plusieurs formations liquidiennes de quelques millimètres de diamètre, de type folliculaire.

Les paramètres sont normaux. Le cul-de-sac de Douglas est libre. »

Je suis contente pour Douglas bien que je ne sache pas qui est Douglas.

*

L'année dernière, quand je vivais chez mes parents, j'ai passé une soirée avec ma mère. Mon père était parti quelques jours pour le boulot. Dans la cuisine en désignant la table en formica dont ils ne se sont jamais séparés, elle m'a lancé : c'est là qu'on t'a conçue. Ça m'a fait rire, enfin j'étais un peu obligée de rigoler, d'entrer dans son jeu, parce que j'étais mal à l'aise pour elle. Ma mère se jette souvent dans des confidences complètement déplacées, comme pour tisser un lien avec moi, elle qui n'a jamais pris le temps de le faire. Je sais quand elle a une mycose, quand ça gratte très fort (« très fort, ma puce »), quand elle a fait un cauchemar, quand mon père dort sur le canapé et quand un collègue lui fait du gringue, obnubilé par sa grosse poitrine. Elle me raconte toujours ça en faisant la vaisselle, une cigarette à la bouche et des cendres interminables qui finissent par tomber sur l'éponge.

Je crois que ma mère ne m'a jamais écoutée. Il fallait que je la dérange le moins possible. Elle me disait d'aller dans ma chambre, je rétorquais que je m'ennuyais, elle répondait : « C'est important de savoir s'ennuyer. » J'ai souvent essayé de lui prouver que j'existais. Je me suis rasé les sourcils à dix ans, je lui ai piqué une cigarette à onze et j'ai voulu faire de grandes études pour qu'elle soit fière. Bilan, j'ai fait deux ans de droit, elle s'en fichait complètement, puis j'ai postulé à la SNCF sur un coup de tête, elle s'en fichait toujours. Si ce n'est qu'elle était ravie de pouvoir voyager gratuitement.

En somme, ma mère est seulement bien contente de disposer d'une oreille attentive pour se plaindre. Parce que celles de mon père se sont bouchées avec le temps.

Je pense souvent à cette table depuis cette soirée. J'ai une vision floue (aussi floue qu'une photo d'une photo déjà elle-même prise en photo et c'est mieux comme ça) de mes parents en train de faire l'amour. Ils s'aiment, tout va bien, les seins de ma mère volent, les nouvelles du jour sont certainement bonnes et le temps d'un rapport sexuel, je débarque.

Je vais aller acheter une table en formica.

Les courbes de mon cycle, la lavande, le gynéco, aller demander du sel et bientôt une autre table : c'est certain, je suis lancée. Je m'apprête à jouer différemment, à emprunter une nouvelle voie. Et d'aussi loin que je me souvienne, crise d'adolescence comprise, je réalise que c'est la première fois que je vise à côté, consciemment, un œil fermé, un œil qui pointe, le doigt sur la gâchette et le souffle coupé, une mise en position qui me donne toutes les chances de réussir et ne m'accorde certainement pas le risque de perdre.

88 mois

Nous sommes dimanche soir, j'enfile un jean et me décide à aller frapper chez le voisin. Pour du sel. Son visage est plus réveillé que lors de notre dernière entrevue. Je remarque ses traits juvéniles, ses cheveux très bruns, bouclés et en pétard, son survêtement trop grand et ses poils qui dépassent de son tee-shirt bleu roi, col en V pas trop profond – un point pour lui.

Je le salue, plutôt timidement, et lui demande du sel sans reprendre ma respiration. Il rigole un instant et disparaît dans son appartement. La porte reste grande ouverte, j'aperçois un canapé-lit déplié, une table basse recouverte d'un livre, de liasses de papier et d'une canette de Coca.

Il me tend le sel en disant « Félix ». Je lui réponds que normalement, un objet que l'on prête s'appelle « revient ». Il esquisse un sourire, un sourire tout maigre pour ne pas me vexer, parce que ma blague est aussi drôle qu'un dimanche soir qui précède un lundi.

— Alors moi je m'appelle Félix, et le sel, il s'appelle « revient ».

— Moi je m'appelle Jeanne.

Je lui dis « je suis ta nouvelle voisine » et « je te rapporte le sel dans trois minutes ». Je rentre chez moi et balance du sel dans une assiette, pour me faire croire que j'en avais besoin. Je regarde l'heure : ça fait deux minutes, c'est correct. Je retourne chez lui. Il n'a pas fermé la porte, je cogne trois coups, il me dit : « Entre Jeanne, rends-moi mon sel. » Je m'exécute, il est en tailleur sur son canapé-lit, je tiens son sel comme un bien précieux et lui demande où le poser.

— N'importe où. T'es arrivée quand ici ?

— Ça va faire deux mois.

— T'es discrète.

— T'es bruyant.

Il me propose un verre en secouant sa canette. Puis il tapote son canapé-lit à côté de lui pour que je vienne poser mes fesses.

— Je vais fermer la porte avant.

— Ah oui, s'il te plaît.

— Et où sont tes verres ?

— Dans l'évier.

Je rince un verre au milieu d'assiettes sales. Il y a assez de pâtes au fond de son évier pour faire un gratin. Je rejoins Félix qui dépose sur la table les papiers qu'il avait dans les mains et part dans un long discours sur les voisins : la chieuse du cinquième qui dévale les marches à sept heures du matin avec ses gros talons, les voisins du deuxième aux faux rideaux dégueulasses, une sorte de drap avec la Lune et trois étoiles, on les voit côté cour, tiens penche-toi. Il y a aussi le mec qui joue de la guitare au sixième, trois ans qu'il ne fait qu'un morceau de Jack Johnson, on s'en lasse. Et il y a les mômes du quatrième qui chialent tout le temps, et le samedi on entend leur mère gueuler que si, il faut aller au catéchisme. Et maintenant, il y a toi. Tu fais quoi dans la vie ?

— Contrôleuse SNCF.

Il s'étonne. Selon lui, les contrôleuses SNCF ont souvent le visage aigri et les lèvres pincées. Et du rouge à lèvres sur les dents. Je souris pour lui montrer mes dents.

— Et toi, tu fais quoi ?

— Je rame. Je cherche un job comme vendeur dans une boutique de sport. Ce que je voudrais, c'est ouvrir ma propre boutique.

Félix est un sportif, un vrai, qui se lève tous les trois matins à l'aube pour aller courir. Il aime aussi la natation, la boxe et le tennis. Il me dit qu'il regardera l'état de mes chaussures et m'en conseillera de nouvelles. « C'est le plus important. »

Je passe une trentaine de minutes avec lui. Avant de rentrer manger mon sel, il me dit que c'est sympa de faire la connaissance « d'une voisine contrôleuse SNCF ». Il propose de remettre ça. Je réponds que ça tombe bien, je n'ai pas de poivre.

*

Le lendemain matin, Éléonore me fait de grands signes devant la gare de Bercy. Nous ne partons pas en voyage, nous allons seulement travailler. Départ pour Auxerre à six heures treize. Il fait nuit, un peu froid, les lieux sont presque vides.

Éléonore a passé un mauvais week-end. Elle se sent à côté de ses pompes, elle n'a pas le moral, Paris la fatigue. Elle souffle sur un café chaud et sort son téléphone de sa poche. Elle me montre une photo d'un hamster. Elle a craqué, notre virée chez Truffaut l'a inspirée. « J'avais envie d'un peu de nature à l'appart. C'est une fille, je l'ai appelée Augustine pour te porter bonheur. » Je ne sais pas trop comment le prendre. Pour toute réponse je sors de mon sac un test de grossesse. Le premier.

J'ai revu Arnaud fin septembre. Il est venu accrocher mes étagères. Sous le bruit de la perceuse, nous avons fait plus ample connaissance puis fêté ma décoration nouvelle à la grenadine, l'un sur l'autre dans le canapé, deux fois de suite.

La première fois, j'ai rêvé que la capote craque, j'ai rêvé à l'inverse de toutes les filles. La deuxième fois, j'ai été ravie qu'on s'en passe, comme si avoir déjà fait l'amour ensemble garantissait une certaine sécurité. J'ai conscience que tomber enceinte d'un inconnu, c'est prendre des risques. Que de jouer avec la vie, c'est un peu jouer avec la mort.

*

Avant que les passagers ne grimpent dans le train, je me rends aux toilettes suivie d'Éléonore qui me pose des questions sur Félix. Je lui dis qu'il est très sympa et que son sel, c'est « La Baleine ». « Canon », répond-elle.

Il est temps de faire le test, j'ai attendu plus de dix jours. Je fais pipi sur rail. Éléonore est derrière la porte, impatiente, répétant qu'Augustine fait son possible. Je ne sais pas de qui elle parle.

J'aimerais être enceinte d'Arnaud. La chance du débutant. En plus, on a bu dans le même verre par hasard.

Quand je sors des toilettes, je compare mon bâtonnet d'urine au schéma explicatif de la notice, un peu comme je compare mes tickets de carte bleue à mon relevé de compte en banque. Je ne suis pas enceinte. Et souvent à découvert.

Éléonore soupire. Elle me pique le test et vérifie, elle aimerait que j'aie mal lu.

— Je ne comprends pas, j'avais pourtant bien levé les jambes après le rapport. Mais Arnaud a gardé ses chaussettes pendant le coït, tu crois que ça freine les spermatozoïdes ?

— Tant qu'il était tout nu.

Sur ce premier échec qui signe le début de l'aventure, nous descendons sur le quai. La voie vient d'être indiquée, les voyageurs se ruent sur le train de peur qu'il ne parte avant eux.

*

Éléonore les regarde courir.

— Voilà, j'en ai marre de toute cette agitation.

— Les gens courent dans toutes les gares.

— Oui, mais ici, tout le monde court partout. Paris bouge autant que moi. À nous deux, ça fait trop. Je suis une fille de la campagne, j'ai envie de prendre l'air, de respirer pour de vrai, il y a trop de merdes ici. Et puis j'ai envie de rencontrer un campagnard, un mec gentil, pas un mec qui me dit que j'ai de beaux cheveux, me baise et ne me rappelle pas.

Elle se blottit contre moi et renifle. Une petite larme tente de couler. Je lui montre une dame qui marche, deux dames qui marchent, une famille qui marche, elle les regarde marcher, elle renifle encore : « Ils marchent vite. » Et moi je bloque ma respiration. C'est vrai que la pollution, ce n'est pas bon pour mon projet.

*

Dans le train, il y a ceux qui lisent, écoutent de la musique, jouent sur leur téléphone ou regardent des films. Il y a ceux qui essaient de faire passer le temps et ceux qui l'acceptent.

Être contrôleuse de train me donne l'impression d'être anthropologue. On voit de tout, on entend tout. Des insultes, des mots doux, des railleries, des promesses. Les clients nous oublient, nous ne les oublions jamais vraiment.

Je fixe un papa et son fils. Il lui répète sans arrêt : « Tout va bien ? Tu as besoin de quelque chose ? » Je me dis que ça, c'est un papa qui est parti. Un papa qui voit son fils de temps en temps, paie un restaurant ou une virée à la campagne chez des amis. Un papa qui ne sait pas si, quand son fils met son casque pour écouter de la musique, il va bien ou mal. Un papa qui ne connaît pas les réactions de son enfant, ses besoins, ses goûts et à quoi il pense quand il regarde le paysage. La scène me rappelle ce que je lisais dans les forums, les propos des femmes qui ne comprennent pas le choix de faire un bébé seule. Je maintiens qu'un papa qui part tôt, on ne le choisit pas. Alors pourquoi t'en offrir un si c'est pour qu'il ne t'accorde qu'une présence en pointillé.

Nous entamons le contrôle. Dans la première voiture, ça sent le saumon, le fromage frais et le café. Du pain bénit, en comparaison de la banane un peu trop mûre.

Quand nous terminons le contrôle, nous nous retrouvons toutes les deux dans la cabine des contrôleurs. Éléonore me dit : t'as vu le type en 117 ? Il serait pas mal pour toi, non ?

Henri, notre chef de bord, nous rejoint. On essaie souvent de l'éviter. Henri est un gentil mais il nous fatigue. C'est un homme assez seul. Il nous appelle ses poulettes pour s'intégrer à nos conversations ; rien n'y fait. Avec Henri, on parle souvent de sa fille de douze ans qui veut devenir vétérinaire. Elle adore les chevaux.

— De sacrées bêtes, les chevaux.

— Trop, répondons-nous toujours en chœur.

Lorsque Julian est parti, Henri a été très attentionné avec moi. Je ne lui ai jamais rien dévoilé mais il sentait bien qu'un truc clochait, visage déconfit, cernes théâtraux. Alors il me proposait de rester dans la cabine du personnel et s'occupait du contrôle avec Jean, notre ancien collègue que Léo a remplacé. Et tous les deux avec leurs moustaches et leur rouge à lèvres sur les dents, ils parcouraient le train tandis que je chialais contre les vitres dans ma petite loge en surveillant un appel de Julian, un retour, entre Paris et Auxerre. Mais Julian n'est jamais revenu, n'a jamais eu l'ombre d'un doute. J'ai passé beaucoup d'heures au travail à ne rien faire, à décortiquer le paysage et fixer mon téléphone portable. Ma vie, à cette époque, n'était qu'un folioscope.

Pour l'heure, la présence d'Henri nous oblige au silence. Enfin lui, il parle. De son embrouille avec un client qui ne voulait pas payer l'amende. À chaque fois, il raconte ses histoires en s'affichant comme un héros. Il affirme remettre les clients à leur place « en une minute chrono, mes poulettes », et il ajoute toujours : « J'ai des roupettes, moi. » On l'a déjà vu faire, et c'est une autre affaire : parfois, ça dure quinze minutes et on est obligés d'appeler les forces de l'ordre.

Quand Henri sort « pour aller au pipi room, les poulettes », Éléonore me balance : « Henri, c'est vraiment ton dernier choix, tu promets ? »

*

À l'approche d'Auxerre, nous sortons de notre cabine et nous plantons sur la plateforme en attendant l'arrêt du train. L'heure de la pause. Éléonore fixe le voyant des toilettes, comme si elle attendait qu'il s'allume. Je sais bien qu'elle se fout du voyant des toilettes.

— Qu'est-ce qu'il a, le voyant ?

— Rien.

— Pourquoi tu le fixes ?

— Comme ça.

— Cool, je vais le fixer aussi, tiens.

Nos quatre yeux rivés vers le voyant, Éléonore annonce qu'elle a quelque chose à me dire. En onze mots ça donne : Jeanne, je crois que j'ai contrôlé Julian dans le train.

Éléonore a parfois ce truc élégant quand elle parle : elle laisse un silence avant de l'ouvrir. Comme si elle cherchait ses mots et décidait de les employer une fois certaine qu'ils sont les bons. Donc là, en onze mots, ses propos ressemblent à : *silence*. Jeanne. *Silence*. Je crois que j'ai contrôlé Julian. *Silence*. Dans le train.

— Hein ?

— J'ai contrôlé Julian dans le train.

— Et son billet était à jour ?

— Ouais, réglo.

— C'est bien. Il y avait Aurélie ?

— Non.

Le train s'arrête, je laisse Éléonore descendre avant moi.

— T'es sûre que c'était lui ?

— Oui. Remontre une photo.

Je remontre une photo.

— Tu crois qu'il t'a reconnue, lui ?

— Non. Enfin il ne m'a pas dévisagée plus que ça. Il m'a déjà vue en photo ?

— Sur la vidéo de nos vacances à Madrid, oui. Mais t'étais à l'envers, dessus.

Un film où Éléonore fait le cochon pendu accrochée aux barreaux du lit de l'auberge de jeunesse en chantant « I Believe I Can Fly ».

Mais qu'est-ce que Julian peut bien foutre dans ce train ? Il faut que je demande à Alice.

— Hé, Jeanne.

— Quoi ?

— *I believe I can fly !*

Éléonore chantonne agrippée à la porte du train. Elle essaie de me faire rire, elle voit bien que ça me renverse, cette histoire. Je joue nerveusement avec ma clé de Berne. Rapidement, nous remontons à l'intérieur du Corail maintenant que tout le monde est sorti. Nous devons faire le tour des wagons pour vérifier qu'aucun bagage n'a été oublié.

Je n'aime pas entendre parler de Julian au moment où je décide de faire un enfant seule. Moi qui vois des signes partout, je cherche le message. Éléonore trouve : ça veut juste dire qu'il a pris le train pour aller à Auxerre.

Le lendemain j'ai mes règles, le test ne mentait pas.

Le lendemain, je pense à Julian. On s'imagine avoir oublié, mais il faut croire qu'un petit cœur, c'est moins fiable qu'un test.

*

De l'eau minérale pleine de calcium, des yaourts, du jus de raisin, des poires, des framboises congelées, du riz, des amandes, des noisettes, des noix. Surtout ralentir le café, le chocolat, les sodas, la charcuterie, les champignons, le céleri, les betteraves, les tomates, les lentilles, les bananes, les avocats, la mayonnaise.

Maintenant qu'il est convenu que tu seras une fille, il me faut tenir le régime spécial pour avoir une fille.

Ce serait quand même con que tu naisses avec des couilles.

*

— On fait quoi ?

— On rafraîchit.

Jean-Pierre s'apprête à me coiffer. C'est Alice qui m'a donné ce contact, afin que mes pulsions capillaires finissent entre de bonnes mains.

Il me raconte qu'il bosse dans le quartier du Père-Lachaise depuis trente ans. « Il y a beaucoup de travail ici, heureusement que je n'ai pas à coiffer les morts ! » J'émets un faux rire, de ceux qui rythment les séries télévisées.

Seule face au miroir pendant qu'il accueille une cliente, j'observe mon visage sous une lumière jaune. Il est plutôt ovale. Je ne me maquille jamais. Mes yeux sont tirés en amande, légèrement cernés. Mon nez est petit, rond. Il donne envie d'être pincé. Ma bouche est plutôt bien faite, mes lèvres sont roses. Mes cheveux châtains sont mouillés et tombent sur mes épaules. Je fixe cette image que me renvoie le miroir et je m'interroge. Est-ce que j'ai le visage d'une fille stérile ? D'une fille qui ne sera jamais maman ? D'une fille qui fera un bébé seule à trente-neuf ans ? Est-ce qu'il existe des visages de filles privées de maternité ? Naît-on avec ou l'attrape-t-on avec le temps ? Porte-t-on le visage de notre histoire ou est-ce notre histoire qui dessine notre visage ? Les vieilles filles naissent-elles le visage fatigué ? Les carriéristes, le visage carré ? Les malchanceux, le visage inquiet et les chanceux, le visage avenant ? Les angoissés ont-ils les pupilles qui bougent à toute allure et les gens heureux, les pupilles immobiles qui fixent le moment présent ?

Jean-Pierre s'agite avec ses ciseaux. Il effile. Il est en pleine œuvre d'art. Je rêve de paillettes, me confie-t-il. Il veut aller à Cannes coiffer des stars et respirer des cheveux avant qu'ils ne soient photographiés.

Avec son petit miroir de main, il me montre l'arrière de ma coiffure. J'opine. C'est bien, très bien. Je sors du salon satisfaite. Je saisis un élastique et relève mes cheveux sur le haut de ma tête. Mon chignon ne pèse pas lourd, j'aime ne pas peser lourd, ne pas m'encombrer, j'aime les sacs à main légers, les pièces à vivre épurées, les bouteilles de lait miniatures, les lunettes qu'on ne sent pas sur le nez, les boucles d'oreilles qu'on oublie. J'ai toujours eu besoin de me sentir petite, légère.

Finalement, je défais mon chignon. Un bébé, ça pèse lourd.

*

Alice valide ma nouvelle coiffure. Nous déjeunons chez elle, avec Nicolas et Alfred, après avoir couru.

Elle me prend à part dans la cuisine. « J'ai bien réfléchi, me dit-elle en ouvrant le four pour surveiller son poulet. Tu essaies de combler un vide. Tu as pensé à un animal de compagnie ? »

Je ris.

— Tu as ouvert le dossier « Jeanne » et tu te dis que j'ai besoin d'un chat ?

— Mais non, tu es allergique aux poils de chat, Jeanne. Un chien ?

On n'en veut jamais à Alice. Alice connaît ses amis par cœur.

— Vous n'avez pas pris de chat avec Alfred, vous avez bien décidé de faire un enfant.

— On avait déjà un chat.

— Vous vous êtes entraînés avec le chat ?

— Un peu.

— Tu l'as emmené aux bébés nageurs ?

Elle sort son poulet du four et dissimule un rire. Elle ne voudrait pas que je pense avoir gagné.

*

Après avoir déjeuné, les garçons s'étalent sur le canapé devant un match de foot. Nous restons dans la cuisine avec Alice qui ne parvient pas à changer de sujet. À croire que les femmes enceintes ne sont pas toutes obnubilées par leur ventre. Pourtant, de nos deux ventres, le sien a plus de choses à raconter.

Très sérieusement, je remets mon projet sur la table pour Alice qui m'invite à lui « réexpliquer. » Je ne peux pas attendre une histoire d'amour qui ne viendra peut-être pas, j'ai rencontré des garçons après Julian qui n'avaient pas envie d'être deux. Des hommes qui envoyaient des messages pleins de poésie pour ensuite envoyer des messages pleins de doutes. Des hommes qui décrétaient vouloir une belle histoire mais qui en réalité en vivaient déjà une. Des hommes qui ne me laissaient pas le temps de retenir leur digicode.

Le temps passe, j'ai un désir de maternité et, dans la pratique, rien ne m'empêche d'être maman toute seule. Les pères, ça ne court pas les rues et je ne voudrais pas me réveiller un beau matin à quarante ans, les mains vides et le corps infructueux.

Elle m'écoute aujourd'hui plus attentivement que le mois dernier. Peut-être parce que je ne suis pas réellement passée à l'acte, et que je me garde bien de lui confier ma rencontre avec Arnaud. Elle finit par me dire qu'en effet, construire une histoire d'amour maintenant peut prendre du temps. Elle a presque l'air de me comprendre. « Et c'est vrai que ce serait con de ne pas connaître ça », dit-elle en se touchant le bidon.

La seconde d'après, elle me regarde apeurée. Elle s'en veut déjà, comme si elle venait de redonner à manger à une boulimique.

*

Au moment de partir, Alice est dans ses pensées, quelque chose la tracasse. Alors que nous sommes déjà sur le palier avec Nicolas, elle me tire à l'intérieur et me traîne dans la future chambre d'Alban. J'imagine qu'elle attend un commentaire, je dis que c'est très bien, le vert.

— Jeanne, tu vas coucher sans préservatif, en fait ?

— Oui, ce sera plus simple pour tomber enceinte, je pense.

— C'est du grand n'importe quoi, ce projet.

Elle s'énerve, seule. Je la salue une seconde fois. Elle n'est pas très longue à la détente.

*

Les propos d'Alice me dérangent. Ils me dérangent parce que je me remets en question sans arrêt, parce que je me demande si parfois, elle n'aurait pas raison. Je m'attends à passer par toutes les phases, je sais bien que mon projet n'est pas commun. J'aimerais tellement que les choses soient simples.

Mieux, j'aimerais être une fille complètement dérangée, une fille qui a l'habitude de faire les choses à côté, qui s'en fout des lois, des règles, des conventions, une fille qui se rebelle contre tout, déteste faire comme tout le monde, une fille qui patiente dans les escalators à gauche, se teint les cheveux en bleu, conduit trop vite, n'a pas de portable, pas l'envie d'avoir une grande cuisine, ni un CDI. Une fille de travers. Une fille qui, quand elle dirait « je vais faire un bébé toute seule », ne choquerait pas. On ne dirait pas « c'est complètement con », on dirait « c'est normal, c'est Jeanne, elle est comme ça ».

Et puis je rêve d'un cabinet de médecin sans rendez-vous, vous débarquez le matin, il n'y a pas de queue, vous déposez un chèque, bonjour c'est pour quoi, pour une insémination, voici le catalogue, super, merci, je choisis ce monsieur, parfait très bon choix mademoiselle, cet homme roux est très demandé, allongez-vous, voilà c'est fait, la fécondation ne va pas tarder, faites un test dans dix jours, merci beaucoup, bisous, à bientôt.

Dix jours plus loin, un bébé de fait et autant de gueules fermées.

Je claque la porte de mon appartement nerveusement, je dois sauter dans le métro et aller passer une journée ordinaire au boulot, une journée ordinaire dans un monde où ma bonne éducation me donne l'air d'une folle avec mon projet, un monde où les bébés ne se font pas dans un cabinet de médecin sans rendez-vous. Si, d'accord : il suffit d'aller en Espagne ou en Belgique. C'est presque aussi magique que ça, à des centaines de jours près, des centaines d'euros près, via une procédure aussi longue que mon envie de te rencontrer est immense.

Avoue, on s'aime déjà grand comme le ciel.

*

Après ma journée complètement ordinaire, Arnaud me fait découvrir son chez-lui. Son appartement est grand, je me sens à l'entrée d'un labyrinthe. Chaque couloir débouche sur un couloir qui débouche sur une pièce. Il y a de la moquette partout au sol. Les murs sont vides. Grands, blancs, et vides. Aucune trace de poussière sur les meubles. Quelques bibelots sont posés ici et là. Des livres de médecine se font du cul sur un petit buffet qui doit coûter un bras.

Il débouche une bouteille de champagne : nous ne sommes pas du même rang, je comprends qu'il ait longtemps hésité entre mon Martini rouge et ma grenadine. Je bois lentement, je ne voudrais pas salir mes trompes.

Arnaud sort des photos d'un grand tiroir, comme celui de sa pharmacie. Des villes prises de nuit. « La nuit, toutes les villes sont plus belles », dit-il. Je les regarde attentivement. Il les commente une à une. « Et là, c'est Pékin. » « Et là, Tallinn. » « Et là, Boston. » Il voyage autant que je vais à Auxerre.

Il me demande alors d'approcher et me guide jusqu'à la fenêtre. « Et là, c'est Paris. » Ce garçon est perspicace. Il ne va quand même pas me faire le coup des étoiles. La tour Eiffel brille en face de nous, il est vingt-deux heures pile. Face à ce joli spectacle, Arnaud m'attrape les hanches et m'emmène en voyage jusque dans son lit. Cliché mais efficace.

Arnaud sur moi, je pense à l'ovule fraîchement sorti de sa petite maison, qui se promène quelque part entre sa chambre et la voie lactée utérine.

Je fais des paris : j'ovule à droite ou bien j'ovule à gauche. Je pense aux spermatozoïdes qui foncent, se doublent, jouent des coudes. J'ai du mépris pour ces connards qui partent du mauvais côté. Et de l'estime pour celui qui court plus vite que les autres et qui face à son but entreprend une petite accélération, avec nerf, avec rage, ce petit spermatozoïde qui décide de ne laisser personne encombrer sa route et arrive fièrement à l'ovule, lève les bras, tête la première, et fonce au chaud. L'explosion, le feu d'artifice, le grand moment. La ligne d'arrivée est franchie.

Je croise les doigts. Tu réalises, Augustine ? Ton père sera peut-être un pharmacien de haut standing, qui fait le tour du monde pour prendre en photo des villes de nuit. Si un jour je te dévoile son identité et lui dévoile la tienne, tu seras au moins sûre de recevoir des cartes postales.

*

— Qu'est-ce que tu fais ?

— Je m'étire.

J'ai les jambes relevées sur ma poitrine, Arnaud me regarde, interloqué. Je suis quand même face à un pharmacien qui ne doit pas être né de la dernière pluie.

« Je pars quinze jours en Malaisie, demain », me dit-il.

Ce n'est pas grave, je n'ovule qu'une fois par mois et je suis très régulière.

*

Je touche mon ventre en rentrant chez moi. J'espère que mon col est accueillant. Que tous les panneaux routiers sont en service. J'aimerais que mes ovules vivent longtemps, très longtemps, deux jours c'est peu. Il faudrait que mes ovules débarquent de chaque côté et s'installent pour la semaine, qu'ils prennent un bon bouquin, un bon verre, qu'ils patientent tranquillement et respirent à fond pour assurer leur survie. Je voudrais qu'ils ne meurent jamais, ne s'éteignent pas et que ma muqueuse utérine soit toujours très épaisse, une grosse muqueuse utérine disposée à accueillir un embryon, une muqueuse utérine chaleureuse, polie et douillette, qui ouvre grand sa porte, offre à boire et à bouffer et met une petite musique d'ambiance pour que son invité se sente parfaitement bien.

Une muqueuse utérine un peu feng shui.

*

— Quarante euros.
— Cinquante.
— Quarante-cinq.
— Vendu, dit le petit vendeur au béret.

La table en formica affichait un prix de soixante euros. Après négociation, je la saisis et rentre tant bien que mal jusque chez moi.

Éléonore me rejoint et s'excite dès qu'elle aperçoit le meuble. Elle monte dessus, gigote et émet des petits cris, comme si elle était ma mère, en secouant ses seins. « C'est comme ça qu'on t'a conçue, ma puce ! » imite-t-elle. Elle reprend son sérieux en une seconde, les yeux rivés sur sa poitrine : « Ah merde, je n'ai pas de seins, moi. »

Elle redescend, touche la table, la regarde avec approbation. On dirait que je viens de dénicher une pièce rare qui changera nos vies.

« Si ça marche vraiment, je te la piquerai quand je voudrai faire un enfant. »

Éléonore cherche un mari. Les enfants et les tables lui semblent loin. Moi aussi, je cherchais un mari avant. Est-ce que toutes les filles qui cherchent un mari en vain finissent par chercher un géniteur ?

Alice nous retrouve quarante minutes plus tard et s'excuse de son retard. Se déplacer devient compliqué, elle a mis un quart d'heure à faire cinq cents mètres. « Je suis une vraie baleine, les filles. Il pèse, ce gosse, un bouffeur comme son père. » Elle m'interroge quant à la table. Je réponds que c'est un porte-bonheur. Éléonore confirme en riant : « Cet objet va faire des miracles. »

Alice, qui sait pour mes parents, est sceptique. Peut-être qu'à ses yeux, je ne suis pas un miracle.

Alice et Éléonore se sont croisées quelques fois. L'une est la rigidité incarnée, un carré bien dessiné. L'autre est un rond complètement fou qui rebondit partout. On n'a jamais réussi à mettre un rond dans un carré. Pourtant, comme une enfant acharnée, j'essaie souvent. Rien n'y fait. Elles ont des rapports cordiaux et discutent en surface. Les nuits blanches d'Éléonore buttent contre les sept heures de sommeil indispensables à Alice. Les cours de yoga d'Alice contre les cigarettes de Léo.

Alice note dans un carnet « table en formica » parce que ça lui donne envie d'en avoir une. Éléonore appelle sa coloc pour savoir si elle a réussi à entuber le mec qui voulait acheter leur canapé sur Le Bon Coin. L'une et l'autre s'observent agir, complètement déboussolées.

*

Je frappe chez Félix et lui demande du poivre. Ça le fait rire. Félix a tout le temps le sourire, il semble toujours détendu. On se croise parfois dans le hall de l'immeuble, il me tape dans la main en me souhaitant une bonne journée de « contrôleuse SNCF ».

Je lui propose de venir boire un verre chez moi. Il accepte mais il a un entretien le lendemain, il doit relire ses notes. Alors on s'entraîne : je lui demande trois de ses défauts.

— Je suis bordélique, étourdi et bruyant.

— C'est vrai que t'es bruyant. Mais tu ne peux pas dire ça.

— Je dis quoi ?

— Rigoureux, impatient et autoritaire.

— Mais ce n'est pas vrai.

— On s'en fout.

Il note minutieusement les conclusions de notre conversation.

— Vous ne rigolez pas à la SNCF.

— Je t'emmerde.

Dans la soirée, nous commandons des pizzas. Félix me demande si j'ai quelqu'un. Je lui raconte ma rupture avec Julian et cette nouvelle vie qui démarre ici. Lui, il me parle de Sonia, sa « petite brune » comme il dit, qui est partie au Canada finir ses études. Il l'a vue trois fois en deux ans. Il n'est plus certain que l'histoire en soit bien une, mais ils continuent de s'appeler, de s'écrire, de mettre de l'argent de côté pour traverser l'Atlantique.

Félix a vingt-huit ans. Il me dit qu'il a hâte d'être à demain, qu'il veut décrocher ce job. Il ne veut pas perdre de temps, mais faire ce qu'il aime, maintenant et tout de suite. Il me demande si moi, j'ai un objectif, un truc qui me tient. Je lui réponds que oui. Que j'ai toujours voulu des enfants et que depuis peu, j'ai décidé de faire un bébé toute seule parce que je ne peux pas passer ma vie à attendre une histoire d'amour qui ne viendra peut-être pas. Et que depuis cette décision, je me sens bien. Comme si je savais enfin ce que je voulais dans la vie. Il me dit que c'est très courageux et que j'ai raison. Je sens que par pudeur il n'ose pas me poser davantage de questions.

On en conclut qu'on est tous les deux de grands courageux, pas comme le type du sixième qui n'a jamais osé changer de morceau.

On met « Better Together », de Jack Johnson. On écoute attentivement la chanson, nos oreilles tendues et les doigts en l'air, comme qui se concentre.

— Non mais ça n'a pas l'air facile, dit-il.

— Non, vraiment pas facile.

*

Arnaud étant absent, je descends acheter quelques tests de grossesse à sa pharmacie. Il faudra que je songe à aller ailleurs à son retour.

La pharmacienne me tend un test à dix euros. À ce prix-là, il doit être parlant.

— Non merci.

— Vous ne vouliez pas un test de grossesse ?

— Un moins cher.

Elle lève les yeux au ciel puis me demande si j'ai un retard de règles. Pour l'instant, je n'en sais rien. « Surtout, faites bien le test au réveil, avec les premières urines du matin. »

J'achète quatre tests, j'espère que tu es cachée dans le prochain.

*

Je cours avec Nicolas. Alfred nous a prévenus qu'il ne viendrait pas les quelques dimanches à venir, l'accouchement d'Alice étant imminent.

Nicolas a repéré une fille hier matin dans le hall d'un immeuble. Quand elle l'a vu arriver, elle l'a attendu pour avoir son courrier. Il a retenu son prénom et son nom : Julie Gaulois.

Il me parle de « Julie Gaulois comme un Gaulois » pendant dix minutes. Je suis essoufflée et peine à lui répondre. Il veut la revoir, il se demande s'il doit passer à la même heure tous les jours, quoique la semaine elle doit bosser, faut la choper le samedi, et puis est-ce que facteur est un métier assez séduisant ? « Est-ce que je dois mettre un mot dans sa boîte aux lettres ? Je ne sais pas. »

Nicolas fait souvent des montagnes d'un rien. Le moindre événement l'envahit, il le décortique et cherche des réponses. La semaine dernière, il a osé faire un doigt en voiture à un type qui lui avait grillé la priorité. Il a vérifié dans le code de la route pour savoir s'il avait eu raison.

Je le rassure, je trouve que Julie Gaulois, ça fait fille hypergentille. Il devrait tenter.

— J'ai déjà trente-trois ans, il faut que je tente, oui. Mais un petit mot dans la boîte aux lettres, ça fait quinze ans, non ?

— Tout dépend de ce que tu écris.

— J'écris quoi ?

Je réfléchis.

— Tu écris : « Ce petit mot va vous surprendre mais il est plus sympa qu'une lettre des impôts. Seriez-vous disponible pour un verre ? Signé le facteur. »

— Ah ouais, c'est drôle, je vais faire ça.

Je lui propose de l'accompagner pendant mes jours de repos pour déposer le petit mot à Julie Gaulois.

Au cinquième kilomètre, alors que Nicolas accélère, motivé par la perspective de boire un verre avec elle, mon téléphone sonne. C'est Alfred : Alice est partie à la maternité. C'est l'heure. « On arrive », je réponds à bout de souffle.

Nous faisons demi-tour et nous rendons à la maternité en courant pour embrasser Alfred avant le grand chambardement.

*

Devant la maternité, on retrouve Alfred. « Alice est prise en charge, on attend », alors il fume des clopes très rapidement et retourne dans la chambre, puis ressort, puis revient, puis prévient les proches, se demande si c'est trop tôt, puis recommence. Il me salue à peine, me demande s'il sera obligé de regarder sa fouffe ; je dis que non, Nicolas a l'air perturbé.

Alfred parle tout seul : nous n'avons loupé aucun cours de préparation à l'accouchement, tout devrait bien aller, oui, tout devrait bien aller. Il respire intensément comme s'il allait expulser un bébé de dix kilos devant les portes automatiques. Il frotte ses mains l'une contre l'autre et fait craquer ses doigts. « Vous n'avez pas un truc à manger ? » Nicolas lui tend une barre protéinée, planquée dans sa poche pour la course à pied.

« Ce n'est pas de la bouffe, ça. » Il la dégomme quand même.

Il est beau, Alfred. Il ressemble un peu à Julian, on leur a souvent demandé s'ils étaient frères.

Nicolas et moi lui emboîtons le pas pour aller chercher un café, puis nous nous posons tous les deux dehors sur un petit muret, tandis qu'Alfred file voir Alice. J'adore les petits murets des hôpitaux.

— Ça porte malheur de dire à tout le monde le prénom du bébé à l'avance ? s'interroge Nicolas.

— Je n'en sais rien, pourquoi ?

— Parce que personne ne le dit jamais.

— Ça ne veut pas dire que ça porte malheur.

— Ouais, peut-être.

Alfred revient quelques minutes plus tard. Le col est bien ouvert, l'accouchement aura lieu dans la nuit. Il nous rappelle demain. Nous passons l'après-midi ensemble avec Nicolas à écrire le petit mot pour Julie Gaulois. Il recommence dix fois et fait des boules de papier qu'il balance sur son canapé en maugréant : « J'écris mal, regarde, j'écris mal. »

*

Je me lève à l'aube pour accompagner Nicolas en tournée. J'embarque dans sa voiture jaune et nous voilà prêts à arpenter le XIIe arrondissement. Il emprunte la place de la Nation à vive allure, il fait encore nuit, j'ai une pensée pour Arnaud qui trouverait que le Quick a de jolies lumières.

Je me fais promener, je regarde Nicolas descendre de sa bagnole, remonter, descendre, remonter, prendre des enveloppes, des colis. Quand je peux, je lis une carte postale ; ça parle de beau temps et de bon temps, de vacances qui passent trop vite, de soleil et de gros bécots.

Je suis chargée de tenir la petite enveloppe destinée à Julie Gaulois. Il ne faut pas la perdre. C'est moi qui écris « Julie Gaulois » dessus, Nicolas pense qu'une écriture de fille rassure. Elle croira que c'est une invitation à un anniversaire. Je rétorque :

— Elle n'a plus dix ans et j'écris comme un mec.

— Non, mais ce n'est pas grave, écris.

En bas de l'immeuble de Julie Gaulois, avenue du Trône, Nicolas se regarde dans le rétro et replace ses cheveux au cas où il la croiserait. Nous sortons de la voiture. Il ouvre la grande porte de l'immeuble, pénètre dans la cour puis revient une minute plus tard : tu es sûre, Jeanne ?

— Je suis sûre.

Nous reprenons alors la tournée, il est excité comme jamais.

Au bout d'une heure, quand nous rentrons à la Poste, il tape sur le volant et me dit :

« Merde, je n'ai pas laissé mon numéro de téléphone, Jeanne. »

Il freine. Ses traits se décomposent.

— Nico, le feu est vert.

— Oui, merde.

Il redémarre. Nous déposons la voiture à la Poste et retournons chez le Gaulois en métro. Nicolas n'a pas de tête et pas son pass. On prend quinze minutes à saisir l'enveloppe avec un de mes tests de grossesse. C'est alors que nos téléphones sonnent. Deux bips qui se superposent.

« Nous avons la joie de vous annoncer la naissance du petit Alban ce 30 octobre 2015, 2,8 kg, un Scorpion comme son papa. La maman va très bien. La famille vous embrasse. »

Alfred a toujours été fier d'être Scorpion parce qu'il paraît que les Scorpion sont des bêtes de sexe ultimes. Je suis contente qu'Alban pèse deux kilos huit cents – et qu'il soit une future bête de sexe, moi j'en pèse soixante-deux. Nous partons à la maternité, heureux pour Alice et Alfred. Nicolas tient son enveloppe des deux mains, il a peur de l'égarer. À son sens, elle doit déjà contenir deux kilos huit cents de bonheur.

*

Alfred nous accueille devant la maternité, rouge comme un soleil couchant, le sourire plus radieux encore. « Il a mon nez, dit-il, je vous jure. » Et il se touche le nez.

Son sourire est contagieux. Nous le suivons et arpentons les couloirs sous les panneaux « Maternité ». Les murs sont violets, notre allure assez vive. Je me vois déjà ici, un ventre énorme, à quelques heures de notre rencontre.

Nicolas et moi retrouvons Alice et Alban installés dans une chambre moche mais bourrée d'amour. J'embrasse Alice, Nicolas l'embrasse, et nous nous penchons ensemble sur le petit berceau pour découvrir Alban. Un frisson m'envahit de la tête aux pieds. L'espace de quelques secondes, je leur vole Alban, ce petit bout de chair aux yeux clos et aux poings serrés. Merci, Alice, c'est très sympa d'avoir exaucé mes prières. J'ai envie de le mettre dans mon ventre, j'ai envie d'être à sa place.

Alice explique que l'accouchement s'est très bien passé et que tout le personnel était sympa. Elle recommande cette clinique. Cette phrase est bizarre. On ne parle pas d'un restaurant ou d'un pays à parcourir. Je joue le jeu de noter son information mais je n'ai pas de carnet. Et puis, mes yeux ne décrochent pas d'Alban que je trouve d'une beauté parfaite, petit être qu'on ne veut qu'aimer et protéger.

Alfred a les larmes aux yeux et je suis émue. C'est beau, un jeune papa. C'est peut-être ce qui me manquera, un papa qui pleure. De grandes mains à mes côtés. De grandes mains qui saisissent le volant aux premières contractions pour filer à la maternité. De grandes mains qui tremblent, l'une qui serre un vaporisateur d'eau et l'autre mes petits doigts. De grandes mains qui caressent de fins cheveux dorés devant un gâteau d'anniversaire. S'il faut être deux pour faire un enfant, il faut certainement être deux pour l'élever, comme dit Alice. Le môme se retrouve alors allongé les dimanches matin dans le lit de ses parents, il joue, il rit, il apprend de l'un que c'est l'heure des œufs à la coque, de l'autre que les grasses matinées sont autorisées le week-end. J'essaie de me rassurer, j'essaie d'être mathématique : s'il faut être deux, alors je bosserai pour deux. Je ferai tout, des œufs à la coque et des grasses matinées, du jardinage et de la pâte à sel, du foot et de la danse. Je ferai deux fois plus et le soir en m'endormant, je penserai à ces grandes mains qui ont oublié de prendre le courrier en rentrant du travail et que mes fines mains n'imiteront jamais.

*

Je sors de la chambre, un peu troublée. Je rejoins le petit muret, le même que la veille, Nicolas me suit de près et s'installe à mes côtés. Le parking est calme. Quelques infirmiers fument une cigarette non loin de nous et l'un d'eux entraîne le groupe à quelques mètres de l'entrée pour gagner un peu de soleil. Je les fixe pour détourner mon regard de Nicolas.

— T'es bizarre, il me dit.

— Ah bon ?

— Ouais, t'es bizarre.

Ses mots me coincent la gorge. J'ai du mal à retenir mes larmes et j'aurais presque envie qu'il me prenne dans ses bras. J'ignore quel élan me pousse à tout lui lâcher, mais je lui avoue :

— Moi aussi, j'ai envie d'être maman, et je ne peux pas, je ne rencontre personne, personne qui veut de moi et voudrait bien faire un bébé. J'essaie de tomber enceinte en couchant avec des mecs ici et là, enfin je commence. Tu trouves ça con ?

— Bah non. Moi aussi, j'aimerais bien être papa.

— Avec Julie Gaulois ? Mais c'est vrai qu'avec ton numéro de téléphone, ça sera plus pratique.

Il rigole.

J'avais peur de choquer Nicolas. Je me trompais. Il pose sa main droite sur mon genou. Je ne bouge plus, ne respire plus. Les infirmiers écrasent leurs clopes, il écrase un peu ma jambe. Cette situation est gênante. On ne se touche jamais.

Elle est plus gênante encore quand je pense un instant que Nicolas pourrait être mon compagnon de pariade. Il est si gentil, si serviable, il suffit de lui dire « j'ai soif » pour voir apparaître un pack d'eau, alors pourquoi ça ne marcherait pas avec un enfant ? Je chasse l'idée de ma tête et saute du petit muret pour nous donner l'élan de partir.

« Récris la lettre et mets ton numéro de téléphone. »

87 mois

Aux toilettes, j'appuie sur le bouton du savon : ça coule mais bien sûr, l'eau ne coule pas, ce qui a le don de me rendre hystérique, comme quatre-vingt-huit pour cent des voyageurs SNCF selon des statistiques établies par Éléonore. J'ai les mains poisseuses et puis ça pue l'urine. Je vais le notifier à Henri. Moi je n'ai plus envie de bosser. Je viens de m'envoyer en l'air avec le mec assis en 20. Quand j'ai saisi son ticket, il m'a dévisagée. On a échangé un regard libidineux. Un type canon, quarante ans, avec son micro-ordinateur posé sur la tablette. Il m'a retrouvée dans le couloir. Éléonore est partie tout de suite, elle a compris. On a discuté. Évidemment, on a parlé des trains, du prix des billets, il essayait de me faire dire que c'est vraiment trop cher.

Dix minutes après, on était dans les toilettes. J'ai pris du plaisir mais j'ai un peu flippé. Si on me trouve là, c'est faute professionnelle. Enfin, j'imagine. Éléonore dit toujours que pour se faire virer de la SNCF, faut vraiment le vouloir.

Il me grattait partout avec sa barbe, j'ai encore la peau rouge et j'adore avoir la peau rouge après le sexe. Je n'ai même pas su son prénom. C'est allé très vite. Il a tout géré, surtout la logistique. Parce que ce n'est pas évident de faire l'amour dans les toilettes d'un train Corail, c'est très étroit. J'étais appuyée sur le lavabo et lui, il était obligé d'écarter les jambes au-dessus de la cuvette. Pratique. Et sensuel.

Le plus difficile a été d'assurer une sortie discrète. Je me suis crue dans un film. Il a ouvert la porte délicatement pour vérifier que personne ne traînait entre les wagons. Il s'est éclipsé très vite et m'a plantée dans les toilettes. On ne s'est même pas dit au revoir mais peu importe.

Je me sens un peu sale. Je sors de ma cachette à la recherche d'Éléonore. Elle se détend dans la cabine des contrôleurs et lit la revue du TGV, qu'on nous donne parfois. Elle me voit arriver et me demande si je suis au courant que l'année prochaine, c'est l'Euro de football.

— Ah ouais ? Et moi, je viens de me taper un mec, là.

— Pas Henri, quand même ?

— Non, le type en 20, tu m'as vue avec lui il y a trente minutes.

— Ah oui, je préfère. Et ?

— On verra. Mais je ne suis pas en période d'ovulation et je suis censée avoir mes règles demain.

— Du suicide, quoi.

— Le corps peut parfois faire des miracles. J'ai lu une étude qui dit qu'il faut faire l'amour même dans les périodes peu fertiles pour booster l'organisme.

Éléonore dit que c'est fou, ces types qui s'envoient en l'air sans se protéger.

— Tu devrais quand même faire gaffe, Jeanne, on ne sait jamais. Le mec peut avoir une grosse saloperie.

— Je sais, ouais. Mais il avait une particule dans son nom.

Elle rit et replonge dans sa revue, manifestement conquise par un troupeau de footeux déjà sur le podium. Je m'assieds en face d'elle, je la regarde avec insistance. Elle finit par lever les yeux de son article et lance : « Il y avait encore Julian dans le train. *Silence.* C'est fou. *Silence.* Ça fait deux vendredis soir qu'il fait un Paris-Auxerre. *Silence.* »

Je ne sais pas quoi dire. Il faut que je me lave les mains. Éléonore sort un paquet de mouchoirs de sa poche. Pendant qu'elle me nettoie l'auriculaire, elle propose que nous partions chez sa grand-mère.

« On va changer d'air. On ne paie pas le train, on s'en fout. Juste une nuit. Ça nous fera du bien à toutes les deux. »

Deux heures plus tard, nous sommes de retour à Paris. Le temps de repasser chez nous rassembler quelques affaires, nous nous retrouvons ensuite gare de Lyon, direction Mâcon.

*

Sa grand-mère vit dans une ancienne ferme, au bout d'une petite impasse. Les granges servent aujourd'hui de garage, ou de grenier – j'hésite, parce qu'on y trouve des trésors. Des vieilles friteuses, des tas d'outils, des roues de tracteur, des cagettes et des paniers, vides ou remplis de pommes de terre. C'est par là que Jacqueline me fait entrer dans sa maison tandis que Léo est dehors au téléphone avec son frère aîné dans l'immense cour de graviers noir ébène.

Le meuble d'entrée de Jacqueline est un congélateur sur lequel elle pose ses clés et quelques prospectus. J'essuie mes pieds sur un paillasson où campent deux chouettes grossièrement dessinées juste avant d'emprunter la porte qui ouvre directement sur la salle à manger. Se mêlent un arôme de pot-pourri aux notes abruptes de cannelle et une odeur de thym qui semble venir de la cuisine que je devine au fond. Une table tout en longueur est au centre de la pièce. En bois. Pas en formica. Les assiettes du dîner sont déjà empilées près d'un dessous-de-plat en liège.

Jacqueline me fait visiter les lieux. Toutes les pièces sont immenses et en double. L'été, on vit en bas parce qu'il fait frais, l'hiver en haut pour se tenir chaud.

Il y a cinq chambres au deuxième, dont celle de la propriétaire. Elle m'invite à choisir la mienne pour la nuit qui m'attend. Toutes sont décorées de papier peint très vieux, de moquette orangée et de parures de lit ornées de grosses roses. Je dépose mon sac dans la chambre la plus simple – un lit, une chaise, des rideaux beiges – et retrouve Jacqueline au rez-de-chaussée. Elle est assise sur le canapé et feuillette le programme télé derrière ses lunettes à double foyer.

Elle a grandi ici et n'a jamais vécu ailleurs. C'était la maison de ses parents, morts le jour de ses soixante ans. Puis son époux est parti, rongé par la maladie. Elle a quelques copines qu'elle voit une fois par semaine. Elles prennent un porto, parlent toujours des mêmes choses. Tous les matins, Jacqueline passe au cimetière, elle ôte les feuilles mortes qui gisent sur la tombe de son défunt mari et prend soin de lui comme au premier jour.

Éléonore nous rejoint vite et jette son sac sur le canapé. Sa grand-mère nous propose un Ricard et se sert volontiers. Elle est pimpante, coquette. Et même si ses yeux sont un peu cachés, on devine que c'est pour sa petite-fille qu'elle s'est faite jolie.

*

Après le dîner, Éléonore me propose d'aller en ville. Le centre est minuscule et se résume à une place dotée d'un distributeur de billets, d'une boulangerie, d'une boucherie, d'un bar-tabac avec une terrasse et du « Café de la Place ».

Le serveur est un vieux monsieur, ni agréable ni désagréable, qui nous annonce d'entrée de jeu qu'il ferme dans une heure. Nous commandons deux verres de rosé.

— Demain, je te présente mon frère, m'annonce Éléonore.

— Ah, il vient ?

Elle répond par l'affirmative et émet l'hypothèse qu'il pourrait se passer quelque chose entre lui et moi.

— Je ne vais pas t'emprunter ton frère pour faire un bébé.

— Mais pour vivre une histoire d'amour ? Tu verras bien qui du bébé ou de l'homme arrivera en premier, non ? Ou je n'ai rien compris ?

— Le bébé arrivera avant l'homme. J'ai de sérieux doutes sur la rencontre miraculeuse et expresse qui me permettra de faire quatre mômes et de rouler en monospace avec un labrador dans le coffre.

— Si, il peut arriver.

— L'homme ou le monospace ?

— L'homme, je ne suis pas sûre que tu puisses te reproduire avec un monospace.

— Il peut arriver mais aussi repartir. Regarde, Arnaud est un type bien mais je n'ai pas envie de revivre ma rupture avec Julian. Je ne peux pas prendre le risque d'attendre qu'une histoire se construise, ni prendre le risque qu'elle m'échappe. Et puis le couple, ce n'est pas obligatoire. C'est peut-être même un énorme canular.

— Je sais que mon frère veut une histoire solide. Il le dit souvent et ce n'est pas un canular.

Éléonore m'a déjà parlé de Boris, son frère. Quand Julian m'a quittée, elle insistait pour me le présenter. « Célibataire, trente-six ans, parfait pour toi. » Elle a souvent décrété que c'était du gâchis que nous ne nous connaissions pas. Et Éléonore adore le gâchis, elle lui voue un culte. Foutre ses mains dans la merde pour la transformer en or, c'est un peu sa mission sur Terre. Éléonore aime réveiller les gens, elle aime les élever, les faire grandir. Elle rêve de tomber sur un mec un peu mou dont elle changera les jours. Je cherche un homme qu'il faut déclencher, me dit-elle. C'est le grand mot d'Éléonore. Elle déclenche. Elle allume, elle pousse, elle secoue et encourage. Un jour, je l'ai surprise avec un client dans le train : mais si votre truc, c'est la chanson, pourquoi ne pas vous inscrire chez Nagui ? Vous voulez qu'on regarde ensemble les démarches ?

L'histoire voudrait que ce monsieur soit resté micro d'argent pendant quatre semaines.

*

Le lendemain matin, les cheveux ébouriffés, j'emprunte l'escalier, direction la cuisine. En bas, ça grouille. Des bruits de casserole, l'odeur du café, des conversations et une voix masculine. L'espace d'un instant, j'hésite à faire demi-tour. Je ne suis pas présentable et je porte un pyjama avec des éléphants qui lèvent la trompe. Mon estomac qui crie famine a raison de moi, je continue ma route et rejoins Éléonore. Quand cette dernière m'aperçoit, elle crie un bonjour qui me fait sursauter.

— Bien dormi ? Je te présente Boris, mon frère.

— Enchantée.

Je souris donc bêtement, prostrée à quelques mètres de la table du petit déjeuner, les pieds gelés sur le carrelage. Boris me fixe, je fais de même. Mes yeux sont rivés sur sa cicatrice. Éléonore m'a déjà prévenue : mon frère a une cicatrice sur le front, il est tombé de vélo quand il avait douze ans. Et hier soir, elle en a ajouté une couche : ce n'est pas héréditaire, tu sais. Si tu te lances dans une belle histoire avec mon frère, ton bébé n'aura pas de cicatrice.

Je trouve la cicatrice de Boris charmante. J'aime les visages pleins de vie. Je hais les joues lisses, les teints parfaits, sans lecture. Je suis attirée par les visages marqués, les visages qui conservent quelques traces de temps, de fatigue ou d'aventures. Les traits de Boris ont du caractère, sa barbe est mal rasée, ses cernes palpables. Assis à table, il saisit une tasse de café bleu foncé. Il la respire comme pour en mesurer la chaleur. Il semble calme aux côtés de sa sœur, fraîche comme une tornade, qui se sert du jus d'orange et pousse dans ma direction un bol vide sur la table : « tiens, prends ton petit déjeuner. »

J'attrape le bol et me sers un café en saluant Jacqueline. Je rejoins Éléonore et son frère, assis l'un en face de l'autre. Je regarde Boris sans relâche et j'ai les genoux qui tremblent. Un homme sur lequel les filles se retournent dans la rue. Il porte une chemise blanche dont il a retroussé les manches. Il est grand, fort. Ses cheveux poivre et sel sont séduisants et ses mains enveloppantes. En plein coup de foudre physique, je me dis que Boris a des gènes parfaits et qu'il me suffirait de le connaître une heure, dans un lit, sous une couette, ou même dans le champ voisin, pour que tu sois la plus belle.

*

Boris parle de son boulot. Et moi je le fixe toujours. Il tient une petite épicerie fine dans le Xe arrondissement de Paris, près du canal Saint-Martin. Sa boutique s'appelle Chez Pierre, parce que l'ancien propriétaire s'appelait Pierre, et que Chez Boris, ça fait moins bobo. Il liste les nouveaux produits qu'il a reçus, le café du Brésil qui va faire un tabac, les confitures qui se vendent toujours aussi bien. Il sort de son sac quelques bocaux qu'il tend à Jacqueline. Une huile d'olive à la menthe pour ses taboulés, une autre à la truffe noire pour le carpaccio.

Au mur sont accrochées des photos de famille que je découvre en sirotant mon café bouillant. J'aperçois Éléonore et Boris qui posent sur un tracteur.

Éléonore suit mon regard et décroche le cadre suspendu. T'as vu comme on était mignons ? Boris était déjà à croquer. Je t'imagine avec sa tête – mais plus de cheveux –, et son charme imparable. Léo raconte que sur cette photo, elle porte les vêtements de Boris. Leurs parents n'achetaient rien de neuf et l'habillaient comme un petit mec. Trop dommage de ne pas donner de seconde vie à des pièces si peu portées, non ? « C'est pour ça que je me laissais pousser les cheveux, pour qu'on devine que j'étais une fille », s'exclame-t-elle en secouant la tête.

Leurs accoutrements de l'époque les amènent à parler des accoutrements d'aujourd'hui. Éléonore épingle les parents qui dépensent des fortunes pour que leur bébé ait un look. Elle trouve que c'est ridicule, ce besoin d'être regardé à travers sa progéniture. Rapidement, Boris et Éléonore parlent enfants, enfants gâtés, budget, éducation, valeurs, moqueries, jouets genrés, sexisme, tâches ménagères, couple.

Suspendue à la bouche de Boris, j'écoute son discours sur la paternité. Il dit que beaucoup d'hommes n'ont pas conscience de vouloir être pères avant d'y être confrontés. Après deux ans de mariage, Noémie a décidé d'ouvrir son cabinet de kinésithérapeute. Lorsqu'elle l'a annoncé à Boris, elle a ajouté : et j'aimerais aussi qu'on fasse un bébé. Boris affirme avoir eu envie d'un bébé ce jour-là. Seulement, Noémie n'était jamais présente à cause de son boulot, concentrée sur sa table de massage et trois cervicales à remettre d'aplomb. Le couple se croisait le soir, dans le noir et rapidement. Cinq minutes de conversation et basta. Boris a d'abord cru que leur histoire s'endormait sous le poids de l'habitude. Or, c'était tout le contraire. Ils s'étaient déshabitués. Ne plus se voir les éloignait, les ramenait chacun à leur propre vie. Si l'idée du bébé s'était donc installée, le divorce en a coupé la tige.

Boris raconte cela avec désolation mais ne semble pas abasourdi. Il a compris tout un tas de choses et veut fonder une famille, désormais. Il attend la bonne personne, il dit qu'il ne faut pas se précipiter, qu'il faut faire les choses bien. Tout ce que Léo voulait que j'entende.

Je trouve ce discours un peu facile. C'est facile d'avoir voulu des enfants avec Noémie et de l'avoir laissée s'engouffrer dans son boulot. Et c'est facile d'affirmer vouloir des enfants à trente-sept ans en attendant la bonne personne quand on a encore toute la vie devant soi. Les hommes ne sont pas tenus par la même horloge que nous. Ils ne s'endorment sous aucun tic-tac, aucune torture. Boris n'a pas cette notion du temps qui rythme désormais ma vie. Quand on admire des vinaigres balsamiques qui ont quinze ans d'âge, on ne sait pas ce que représentent quatre-vingt-neuf mois dans la vie d'une femme.

Éléonore dit que c'est magnifique, tout ça, que c'est dommage pour Noémie mais que l'amour l'attend forcément quelque part. Elle me regarde, comme si on avait quinze ans et qu'elle voulait faire passer un message. À ce moment-là, je n'ai pas quinze ans, j'en ai dix. Je suis terriblement mal à l'aise. Boris est beau, grand, il m'impressionne et j'aimerais lui plaire quelques secondes pour qu'il ait envie de me faire un enfant sur-le-champ. J'aimerais le séduire pour le presser. Puis le décevoir pour le laisser.

*

Avant de filer faire des courses, Éléonore entre dans ma chambre.

— Alors, mon frère ?

— Il porte des pantalons trop serrés, ça freine la fertilité.

— Toi aussi. Ça fait pute.

Elle claque la porte.

*

Au supermarché, Éléonore et Boris s'affairent dans les rayons en suivant scrupuleusement la liste de courses de Jacqueline. Éléonore se marre en lisant « son d'avoine » et son frère lui explique que c'est très bon pour la santé ; il en met plein ses yaourts.

Boris est un garçon carré, qui connaît ses zones de plaisir et s'évite l'inconfort. Un garçon qui prend soin de lui, très organisé. Le caddie est parfaitement rangé, les œufs sont bien placés pour éviter tout incident.

Moi, je regarde les photos d'Alban qu'Alice m'envoie à la pelle. Je le dévisage comme s'il était mien. J'imagine que mon petit bébé est à l'instant même chez la nounou, qu'elle s'appelle Alice et que tu t'appelles finalement Albane. Ou peut-être que tu es dans un autre monde, dans une réserve géante de poupons qui n'attendent que de venir au monde. Quand Éléonore s'approche de moi au milieu des fruits et légumes, je partage avec elle mon hypothèse d'un monde où tous les bébés patientent.

« Ça s'appelle des orphelinats et des enfants en attente d'adoption. »

*

Dans la cuisine, nous épluchons des courgettes. Éléonore se gratte les doigts, les courgettes lui provoquent des brûlures. Boris, lui, s'applique. Il coupe ensuite les légumes avec précision et passe les petits cubes sous l'eau froide. C'est pour qu'elles soient fermes à la cuisson, dit-il.

Quelques minutes plus tard, Jacqueline nous rejoint et nous remercie de nous activer en cuisine.

« Je ne vous ai pas dit mes enfants, je vais passer le permis de conduire. »

Éléonore part dans un fou rire, Boris s'étonne.

— Pour quoi faire ? demande-t-il.

— Pour venir vous voir à Paris. Vous ne venez pas assez, vous êtes ingrats !

Et voilà que gaiement, après le déjeuner, nous nous retrouvons au milieu d'un champ à donner des cours de conduite à Jacqueline. Éléonore et moi nous adossons à une barrière. Autour de nous, quelques pâquerettes survivent à l'automne. De gros peupliers nous font de l'ombre sous un soleil discret. Léo respire à plein nez l'air frais, en me disant que si elle avait des pouvoirs magiques, elle exporterait ce décor à Paris.

Boris est à l'intérieur de sa voiture avec sa grand-mère. La bagnole démarre, puis cale, redémarre, cale encore. Éléonore continue de rire.

— On va la retrouver en sueur sur la place de l'Étoile.

— Et paf, le bus.

— Et paf, le terre-plein.

Et là, la voiture démarre en trombe, Boris s'affole à travers le pare-brise, Éléonore qui se marrait se marre moins, trois secondes plus tard le pare-chocs se prend un arbre dans un bruit sourd, le silence s'impose et mes fesses se serrent.

Jacqueline sort de la voiture complètement secouée, elle porte ses mains à sa bouche. Boris se précipite vers l'avant et grogne un bon coup en constatant les dégâts. « Putain, mais c'est quoi ton idée, là, d'apprendre à conduire, et moi qui te dis oui comme un con, va voir un moniteur, mamie, bordel ! »

Jacqueline se confond en excuses. Bien sûr qu'elle comptait s'inscrire à l'auto-école, mais elle voulait connaître les bases pour ne pas avoir l'air trop bête. « Parce que tu n'as pas l'air bête, là, peut-être ? » s'énerve Boris.

Éléonore essaie d'apaiser l'assemblée, elle dit que c'est une bonne idée d'apprendre à conduire. Je me permets d'intervenir : « Oui super idée, moi aussi j'ai envie d'apprendre à conduire du coup. »

Boris, agacé, me regarde : « Tu ne vas pas t'y mettre toi aussi. »

J'ai envie de lui répondre qu'on n'a pas gardé les cochons ensemble. Et je crois qu'on n'est pas près de le faire, Augustine. C'est bien dommage.

*

Au fil des bornes kilométriques qui nous rapprochent de Notre-Dame-de-Paris, Éléonore joue avec l'autoradio. Boris est nerveux, il voudrait écouter les infos jusqu'au bout.

À l'arrière, je reste silencieuse. De temps à autre, Boris maugrée un « putain, ma bagnole » ; Éléonore répète qu'il n'y a pas mort d'homme. Je rajoute : seulement mort d'un pare-chocs.

Une grosse et belle ambiance de merde.

Quand nous nous arrêtons à la station d'essence, je hume cette odeur qui me rappelle mon enfance et les biscuits que j'achetais dans la petite boutique. Je passe cinq minutes à choisir de quoi grignoter. Boris me dit que ce n'est pas bon pour la santé, les gâteaux industriels.

De retour dans la voiture, je les mâche bien fort pour l'emmerder.

Boris conduit vite, j'aperçois sa cicatrice dans le rétro. Il est sublime, même en colère. Il continue de grogner. Sa bagnole est défoncée, ça fait chier.

— Et tu t'arrêtes jamais de manger des gâteaux, toi derrière ?

— Et toi de râler ?

Léo me fait signe de ne pas provoquer son frère, sinon on va se planter. « Et paf, le bus », dit-elle à voix basse, le sourire moqueur. Il entend, je me tais et nous filons tout droit jusqu'à la capitale. Je m'accroche à la portière dès que nous doublons un car scolaire et tant pis pour les gamins qui me font coucou.

*

Dimanche matin et l'heure de chausser des baskets pour courir avec Nicolas. Nous faisons quelques foulées pour nous échauffer. Il surveille son téléphone, il attend des nouvelles de Julie Gaulois depuis quelques jours déjà. Il se demande s'il peut encore espérer une réponse. Je lui assure que oui et que le dimanche est un bon jour : si elle est célibataire, elle se sent peut-être seule.

— Parce que ça te fait ça, à toi ?

— Plus depuis que je cours avec toi.

Kilomètre 1

Le temps est gris sur le bois de Vincennes. Je pense à Boris. Le géniteur parfait mais légèrement sanguin. Entre ma nervosité et la sienne, je te vois déjà mettre des coups de boule à ceux qui t'emmerdent.

Kilomètre 2

Tandis que si ton père est Arnaud, tu seras plutôt pacifique et tu régleras tes problèmes en organisant des retraites en Inde.

Kilomètre 3

Profiter de Boris pour un rapport sexuel, ça me donne mauvaise conscience vis-à-vis d'Éléonore.

Kilomètre 4

Je vais leur demander de ne plus être frère et sœur. Et je pourrai courir après mon fantasme génétique en toute impunité.

Kilomètre 5

Je suis une lapine en rut.

Kilomètre 6

Julie Gaulois « comme un Gaulois » accepte de boire un verre avec Nicolas. Il fait un saut de chat.

*

Alban dort. Il a trois semaines. Je suis dans le salon d'Alice et Alfred, avec deux autres amies d'Alice. Une certaine Chloé et une certaine Émilie, toutes deux avec dans les bras des bébés aux prénoms anciens, parce que l'ancien, c'est le nouveau récent. Marcel et Gaston.

Alice raconte son retour à la maison, le soin du cordon, le premier bain d'Alban, les yeux d'Alban qui disent en tétant : « C'est le plus bel endroit du monde, ici. »

Je l'écoute attentive et ses amies s'exclament. Elles sont agitées. Je suis certaine que ça fait trois fois qu'elles entendent ça. Tout ce qui touche à l'enfant les invite à remuer leurs fesses sur le gros canapé de velours. C'est excitant, c'est magique. Elles boivent ses paroles jusqu'à revivre leurs suites de couches. Alfred, lui, acquiesce à chacun des propos d'Alice avec un sourire béat : un papa comblé.

Moi aussi, je fixe Alice. Je veux ses cernes, ses petites nuits, ses nouvelles préoccupations.

Quand le bébé se met à pleurer, Alfred se lève d'un bond. Nous restons toutes les quatre. J'ai le sentiment de ne pas avoir ma place ici et pourtant je la prends, comme une adolescente aux jambes toutes neuves s'assiérait à une place prioritaire dans le bus. Je voudrais que mes oreilles tendues me donnent autant de crédibilité qu'un ventre rond.

Alfred revient avec le petit qui sanglote et me le tend. J'attrape Alban et le prends dans mes bras. Je ressens en même temps une bouffée de bonheur et une bouffée de tristesse. J'aperçois mon rêve trois minutes au milieu de trois cheveux parsemés sur son crâne.

Ses larmes s'arrêtent. Alban s'apaise contre ma poitrine. C'est peut-être mon odeur, ma voix. Je ne sais pas. C'est fou qu'il se calme à mon contact. J'ai envie que tout le monde le remarque. Surtout lui. Et qu'il dise aux autres, du haut de ses trois semaines, que Jeanne est une future maman parfaite.

Chloé dit que c'est vrai, il fait déjà grand pour son âge. Mon cou se déracine discrètement pour observer Alban et constater si oui ou non il fait « grand pour son âge ». Parce que moi je n'en sais rien, je ne sais pas vraiment quand un bébé tient sa tête, quand il commence à parler, à marcher, à manger des purées. J'ai l'impression que ça se voit à mon visage. J'imagine cette tripotée de primipares cerner mes lacunes et m'imposer de passer un « test d'entrée à la maternité ». Un test qu'on ne ferait pas passer à un couple, parce qu'un couple a le droit de ne pas savoir et que c'est même beau d'apprendre en duo. Mais puisque je veux un enfant seule, puisque je serai mère célibataire, alors j'ai le sentiment de ne pas avoir droit à l'erreur, qu'on m'attend au tournant et qu'au moindre faux pas on pensera que tout ça, c'est parce qu'il n'y a pas de papa.

*

Tu auras des couches dernier cri, je te chanterai toutes les chansons du monde pour que tu t'endormes le soir, je t'apprendrai l'alphabet avant même que tu ne marches, je prendrai le temps de cuisiner, on poussera les murs de ta chambre si tu la veux plus grande, on déménagera du quartier du Père-Lachaise si tu as peur des fantômes et on rigolera toujours très fort, à la limite de l'insolence. Je suis prête à t'accueillir, j'ai un travail, un appartement, j'ai tout, tu auras tout. Regarde, t'es déjà une enfant pourrie gâtée. Tes copains seront jaloux. Heureusement que tu n'auras pas de papa, ça évitera qu'ils ne t'envient trop.

*

Alfred récupère son fils. Mes bras essaient presque de le retenir. Il lui chante une berceuse. Puis entre deux vers, il s'adresse à Alice : « Jim va passer déposer son vélo, je lui ai donné l'argent ce midi au boulot. »

Je croise ledit Jim une heure plus tard, en partant. Il annonce à Alfred, sur le pas de la porte, qu'il a accroché le vélo en bas et qu'il doit filer. Il hurle : « Un, trois, deux, quatre pour le code de l'antivol, comme un, deux, trois, quatre mais un sur deux, t'as compris ? Et l'antivol, c'est cadeau ! » Nous dévalons les marches ensemble. Ses cheveux volent sous ses pas sautillants. Il a une longue mèche pour se donner de l'allure mais je ne le trouve pas terrible. En bas, il me montre « le bébé » comme il dit. « Je lui ai vendu cinquante balles, une belle affaire. Tu marches jusqu'où ? »

Nous nous apercevons que notre route est commune, du moins pour cinq cents mètres. Mon téléphone sonne et nous coupe. Je m'écarte un peu de Jim pour répondre à Nicolas qui stresse avant de retrouver Julie Gaulois. Il a mis sa chemise bleue, il espère que c'est un bon choix.

— C'était qui ?

— La banque.

Il me prend très au sérieux alors qu'il est vingt heures trente.

— D'ailleurs, il faut que j'appelle la banque, je suis sur un gros coup. Avec un pote, on va ouvrir un bar dans la petite rue là-bas, tu vois à droite, puis à gauche, et encore à gauche. C'est le nouveau Paris dans Paris, le quartier monte, notre projet va cartonner. Ça fait trois ans qu'on est dessus mais cette fois ça va marcher. Un mois max.

— Cool.

— Jim au fait, me dit-il en se passant la main dans les cheveux. Et à qui ai-je l'honneur ?

— Jeanne.

*

Une main saisit mon avant-bras, une bouche se colle à la mienne. Ma tête se cogne contre la vitre de la devanture d'un restaurant japonais ouvert, mon chignon s'étale contre dix-huit makis, ma respiration se bloque. Jim se serre contre moi ou me serre contre lui. Il me glisse à l'oreille qu'il habite à deux pas et que nous y allons.

Il ouvre sa porte et mes jambes, pas de verre, pas de tour du propriétaire, il s'allonge sur moi et m'embrasse dans le cou. Mes mains hésitent, passent dans son dos et cherchent sa nuque. Il me soulève, s'agrafe à moi, dégrafe mon soutien-gorge et ma ceinture. Il retire mes chaussures qu'il balance dans la pièce. Le bruit m'arrête, il continue. Il s'excite sur moi, je regarde le plafond, je crois que je m'ennuie.

Je n'ai pas envie que Jim soit ton père. Il n'a pas sorti de préservatif, je n'ai rien dit. Je suis tout aussi responsable et pourtant je me répète que je ne le suis qu'à moitié. Histoire que cette bêtise ne dépende pas que de moi et que ma culpabilité se fasse la malle.

Je suis complètement absente de ce rapport sexuel, parce que c'est nul, parce que je ne sens pas ce type. Je comprends que le chemin pour venir à ta rencontre ne sera pas toujours élégant.

*

Au supermarché, j'achète des noix, des légumes et dix tests de grossesse d'un coup histoire d'avoir des réserves. La caissière – Nadine à votre service – me regarde d'un drôle d'œil. Oui j'en fais beaucoup, parfois j'en fais deux au cas où le premier aurait un dysfonctionnement.

Je garde le ticket de caisse, je le mettrai dans ton album de naissance, celui où on racontera tes premiers pas, ton premier mot, celui où on collera ton premier dessin et où on inscrira en énorme ton premier gros mot.

Je garderai même la notice du test de grossesse qui sera positif, on le collera à la page du papa, il faudra bien la combler d'une bonne nouvelle.

86 mois

Le temps passe, déjà trois mois, déjà décembre et les lumières de Noël. Les essais se multiplient. Alors je dis tout à Alice. Arnaud, l'inconnu du train et Jim. J'étais pourtant venue dans le seul but de lui parler de la présence de Julian sur ma ligne. Mais quelque chose m'en empêche, je crois que je n'ai pas envie de savoir, pas envie de parler de lui, d'entendre son prénom et de connaître ses projets pour demain. Des fois qu'Alice m'annonce qu'il se rend à Auxerre pour organiser son mariage ou acheter une maison « parce que fonder une famille à Paris, c'est compliqué ».

Du coup, je préfère raconter à Alice où j'en suis. J'évoque aussi le test de grossesse que je dois faire. Alice saisit quelques mèches de son carré blond, elle tire dessus et les flanque à sa bouche, les yeux qui s'écarquillent. Elle dit que je « ne chôme pas » et que « Jim est un type bizarre, qui s'y croit pas mal ». Elle s'assied alors sur une chaise, dans sa cuisine, comme si l'heure était grave et que la réunion de crise pouvait commencer. Nous sommes en plein G20.

— Je n'en reviens pas que tu sois devenue cette Jeanne-là. Et tu penses à ces mecs qui n'ont rien demandé ?

— Ils prennent plaisir à faire l'amour avec moi. Ils sont présents quand on s'envoie en l'air, à ce que je sache.

Son regard est bourré de déception. Fidèle à mon projet, j'attrape quelques prises, je continue de me défendre, de te défendre. Je suis à deux doigts de tomber dans la facilité et de lui rappeler son bonheur avec Alban afin qu'elle s'adoucisse. « Bon, fais ton test alors. »

Je m'isole dans les toilettes. Je lis la notice, encore, pour être certaine de ma lecture. « Avant de commencer, lisez entièrement les instructions et assurez-vous d'avoir une montre ou un chronomètre à votre disposition. » J'hésite deux secondes à regarder ma montre mais je crois pouvoir compter jusqu'à cinq toute seule. Je fais pipi sur le bitoniau. Un. Deux. Trois. Quatre. Bientôt quatre mois que je t'attends, j'espère que tu es logée quelque part dans mes urines du jour. Cinq.

Je sors des toilettes sans regarder où je mets les pieds. Mes yeux fixent le test, Alice fixe mon expression.

— C'est négatif.

— Ah.

Je sais que tu prends ton temps et qu'il est trop tôt pour me plaindre. Mais j'aurais aimé lire deux barres, au moins pour le plaisir de clouer le bec d'Alice qui semble soulagée que la nouvelle Jeanne n'existe qu'à moitié. J'ai l'impression de perdre en crédibilité, finalement il n'y a que ta présence qui la fera taire. Grouille-toi quand même.

*

Pendant que tu te décides à prendre ton temps, je fête avec Félix son nouveau job.

— J'ai pris un mousseux. Et merci, Jeanne, pour ton aide.

— Je n'ai rien fait.

— Si, si.

Je trinque à son boulot, il trinque à mon objectif, mon envie de bébé, et me demande comment je compte m'y prendre, déterminé cette fois-ci à en savoir plus. Je joue franc-jeu et lui explique que j'essaie de tomber enceinte d'un mec que je vois souvent.

— Dans son dos ?

— Oui. Je ne sais pas si je lui dirai. Mais une chose est sûre, je ne lui demanderai jamais rien.

— Ah ouais, spécial.

Un froid s'installe. Un froid inhabituel entre Félix et moi. Il prend un air sérieux.

« Si ça se trouve, j'ai déjà dix mômes. »

De nouveau, un silence. Peut-être qu'il est en train de compter combien de fois il a fait l'amour sans se protéger. Et puis, il balance :

— Promets-moi de ne jamais me toucher ! Je trouve vraiment que c'est courageux, ton truc. Tu vas élever un enfant seule. Putain, tu vas devenir une voisine bruyante.

— Vengeance.

— Je me dis même que tu as un vrai sens de la liberté, en te lançant là-dedans.

Au même moment, le guitariste du sixième ose un nouveau morceau.

*

Dimanche matin, je me rends avec Félix au bois de Vincennes, où nous retrouvons Nicolas. Alfred s'est aussi décidé à venir.

Nicolas est fasciné par Félix. Il regarde ses chaussures jaune fluo, son caleçon moulant et sa montre. Il pratique quelques échauffements et guette Félix d'un œil, espérant être vu et applaudi. Félix me demande en douce si le type qui saute sur place en soufflant très fort est le type avec qui je veux faire mon bébé. Je ris. Non, ça, c'est Nicolas, un ami d'enfance, fou de course à pied.

Nous démarrons. Nicolas se pointe juste à côté de Félix et lui pose une dizaine de questions. Comment bien s'échauffer, faut-il démarrer vite, quelle montre je peux acheter, est-ce que c'est vrai qu'il faut lever les bras quand on a un point de côté, est-ce que tu fais le marathon, combien de fois par semaine faut-il courir, plutôt le matin ou le soir, plutôt à jeun ou pas, avec de la musique ou pas, avec Jeanne ou pas, parce qu'elle ne va pas très vite.

Je lui donne un coup de pied au cul et les laisse accélérer. Alfred me parle d'Alban et des nuits infernales.

— Les tiennes ou les siennes ?

— Les miennes. Alban, il dort et chiale quand ça lui chante.

Il paraît, sinon, qu'Alice parle beaucoup de moi. Elle s'inquiète, elle voudrait que je rencontre un mec et que tout se passe bien.

— Je sais, Alfred, si seulement c'était aussi simple. Écoute, on verra bien.

— Oui, on verra bien. Je lui répète que t'es une grande fille. Il faut qu'elle arrête de s'angoisser autant.

— Dis-lui que je suis avec Félix.

— T'es avec Félix ?

— Non.

— Mais t'essaies de lui faire un bébé, à lui ?

— Non.

Sept kilomètres plus tard, nous nous arrêtons. Félix décide de continuer et Alfred repart illico retrouver sa famille. Nous marchons un peu avec Nicolas. Il me dit que mon voisin est un type super qui lui a donné plein de conseils. Il veut qu'on l'invite à tous nos footings.

— C'est lui le type que tu vois souvent pour faire un bébé ?

— Non.

Ils me font marrer, tous, à se demander dans quelles balloches tu te planques.

*

J'ai dix jours de vacances pour les fêtes. Mon père a fait un sapin de Noël. Ma mère le montre du doigt et dit avec dédain :

— Ton père et ses projets.

— Il est beau.

— Oui, oui, il est beau. Non mais ça va mieux avec ton père, on s'est réconciliés.

Ils ont plein de choses à faire, c'est acté. Tester un restaurant bien noté à Paris, visiter l'Yonne et la pointe Saint-Mathieu au printemps.

On prend l'apéritif. On parle de mon boulot, du bébé d'Alice et d'Alfred et du temps qu'il fait. Au milieu de cet échange bateau, ma mère bondit : mais je ne t'ai pas dit ! Charlotte attend un bébé.

Charlotte, c'est ma cousine. On a le même âge. On a grandi ensemble et tout fait à deux, comme vomir dans les manèges, cueillir des cerises chez notre grand-père et parler de mecs. Charlotte était en avance avec les garçons. Elle a eu son premier rapport sexuel pour fêter son brevet des collèges. Quand on mangeait des cônes à la pistache, elle les léchait langoureusement en commentant : tu vois Ja, c'est comme ça quand on embrasse un mec.

Charlotte et moi, on s'est un peu perdues de vue, la distance. Et le mode de vie plutôt différent aussi. Elle a rencontré Benjamin juste après le lycée et s'est installée dans une jolie histoire d'amour après avoir épluché pas mal de types durant son adolescence.

Suite à une telle nouvelle, j'ai une réaction molle. Ce qui ne va pas sans choquer ma mère, qui attend que je m'écrie autant qu'elle.

— Attends, des années qu'ils sont ensemble avec Benjamin. Il était temps !

— Oui. Enfin, ils ont peut-être essayé longtemps avant d'y arriver, non ?

— Mais pas du tout ! Ils voulaient seulement prendre leur temps, ils en ont bien profité à deux.

— Ah.

Elle m'énerve. Ça m'énerve. Qu'est-ce qu'elle en sait exactement ? Elle croit quoi ? Que personne ne galère jamais ? Que tomber enceinte arrive comme le courrier tous les matins ? Que les gens choisissent quand avoir un bébé et que leur vœu est toujours exaucé ? On n'a pas tous une table en formica sur laquelle procréer sur commande. On n'a pas tous des ovaires ardents et des spermatozoïdes vaillants qui foncent sans embûche. Je ne supporte pas ses fausses boucles rousses et sa chemise bleu ciel légèrement décolletée. Je ne supporte pas ses mots, sa tronche. Et mon père, là, qui ne dit rien. Je pense que l'histoire de Charlotte ne lui fait ni chaud ni froid. Moi, elle me fait froid, elle me renvoie encore à mes mois de retard et à mes échecs. J'aimerais avoir le courage de prendre ma mère par le col et entre quatre yeux pour tout lui dire. Tu vois, maman, ça fait plus d'un an que Julian est parti. Et je couche pour moi aussi être enceinte, parce que je veux un bébé. Eh oui, je couche avec des inconnus, des types que tu ne connais pas, des types que je connais à peine, maman. Je fais croire que je prends la pilule, et j'espère. J'espère que la grossesse est pour demain alors je fais des tests, entourée de mes plus fidèles amies. Je croise les doigts pour vivre mon bonheur mais je n'ai toujours pas de bonheur. Je n'ai pas de Benjamin, pas d'Alfred, plus de Julian, il n'y a aucun mec dans ma vie avec qui construire un quotidien tranquille bourré de projets. Personne ne peut choisir le bon moment et écarter les jambes quand le réveil sonne. Alors ferme-la, t'en sais rien, t'en sais rien si Charlotte n'a pas galéré, et ce serait la moindre des choses qu'elle ait galéré, non ? Il n'y a pas que moi, quand même, sur cette foutue planète, qui rame et attends que ça prenne. Hein ?

Enfin non, je ne vais rien vous dire. Rien vous dévoiler. On en parlera quand vous me demanderez qui est le père et que je n'aurai pas la réponse.

Joyeuses fêtes.

*

Seule dans ma chambre d'ado, je repense à mes seize ans, à ce jour où j'ai dit à ma mère que j'allais « bientôt faire l'amour ». Elle m'a conduite chez sa gynécologue. Elle était concentrée au volant, comme si elle cherchait une direction qu'elle connaissait pourtant par cœur. Toutes les trois minutes, elle répétait : c'est important, la dame va t'expliquer. J'ai bien compris, face à cette dame d'une cinquantaine d'années qu'il était important de se protéger pour ne pas subir une grossesse non désirée. Sur le chemin du retour, ma mère était ravie que la dame ait posé des mots, elle qui n'avait pas fait l'effort d'en chercher. Et j'entendais en boucle : c'est important de se protéger pour ne pas subir une grossesse non désirée. On aurait dit qu'elle venait d'apprendre quelque chose.

Aujourd'hui, elle croit que ne pas se protéger entraîne d'un coup d'un seul une grossesse désirée. Si seulement.

*

J'ai appelé Charlotte tout à l'heure. Pour lui souhaiter un joyeux Noël ou peut-être simplement pour entendre qu'elle n'est pas tombée enceinte d'un coup de baguette magique. J'ai fait dans la politesse déguisée.

Elle ne s'attendait pas à m'entendre mais elle semblait heureuse. Charlotte est devenue une fille simple. Elle s'habille sans artifice, porte des queues-de-cheval basses et met du bleu sur ses yeux. Elle mange quand elle a faim, dort quand elle est fatiguée, va chez le médecin quand elle tousse. Une fille classique qui ne fait jamais d'histoire. Et pourtant, gamine, elle ne l'était pas tant que ça. Elle courait après les garçons, portait des tee-shirts blancs pour qu'on devine son soutien-gorge. Elle se fichait de l'école et l'été, chez notre grand-père, elle me piquait mes cahiers de vacances pour que je ne révise pas. Elle allait à contre-courant, elle détestait l'idée d'une vie bien rangée, elle détestait ses parents, les brocolis, les livres, le dentiste. Elle haïssait tout ce qui ressemblait à l'autorité, tout ce qu'on était censé faire, manger, construire. Charlotte était une adolescente difficile qui s'est calmée du jour au lendemain, quand elle n'a pas eu son baccalauréat et qu'elle s'est mise à bosser comme serveuse. C'est là qu'elle a rencontré Benjamin, « le mec qui commandait toujours des Picon bières ». Elle avait dix-neuf ans. Je la voyais déjà moins. Mais lors de nos rares entrevues, j'étais surprise. Surprise de découvrir un nouveau personnage, un personnage rangé. Un appartement avec son mec, des soirées très tranquilles et l'envie de reprendre ses études. Charlotte est retournée à la fac, elle a étudié l'économie et bosse aujourd'hui dans une banque.

Dès qu'elle a décroché, elle m'a remerciée pour mon coup de fil. Un vrai bonheur pour elle et Benjamin, ce futur bébé. Parce que cette grossesse, ce sont des mois de bataille, m'a-t-elle dit. J'ai instantanément été soulagée, j'avais raison.

« J'ai une endométriose, c'était compliqué. On a réussi après trois ans de galère et plusieurs FIV. T'aurais vu Benjamin, sa tronche, quand il allait dans une salle pour s'astiquer. Enfin tu vois ce que je veux dire. »

Elle racontait, sans faire de manières, la difficulté à tomber enceinte, les dizaines de rendez-vous auprès de médecins en tout genre, les soirées à pleurer et les nouveaux matins pleins d'espoir. Dans ces moments-là, chaque jour détient une promesse et chaque jour, tu attends qu'elle se réalise, m'a-t-elle dit.

Cette conversation m'a tourmentée. Heureusement que Charlotte ne s'était pas plainte, pas une seconde. Qu'aurais-je pensé ? Qu'il vaut mieux avoir une endométriose et un mec ? Avoir le choix d'une FIV à deux quand les femmes seules sont bloquées par la loi qu'impose le territoire français en la matière ? Charlotte n'a pas bronché, elle a fait ce qu'on lui a dit de faire, des allers-retours à Paris, des jambes qu'on soulève pour répondre à un utérus en demande, des heures de repos ; et aujourd'hui, elle a oublié, presque oublié, parce que le bébé sera bientôt là, parce que cette nouvelle est si belle qu'elle efface des mois de souffrance, de bras baissés, de conversations de couple qui doute et se demande si l'amour peut résister. Moi aussi, un jour, j'oublierai mon impatience, mes tentatives et mes déceptions, tout ça me semblera anecdotique, loin, derrière moi. Je t'observerai, ma fille, si jolie et si douce, et je ne me souviendrai plus de ma douleur, elle sera atténuée par tes beaux yeux, elle paraîtra ridicule à côté des cadeaux que la vie peut parfois faire, elle ne sera plus qu'un détail et nous serons tout ce qu'il y a de moins anodin.

En attendant, ça me démange de descendre voir ta grand-mère et de lui dire que j'avais raison, que Charlotte et Benjamin n'ont pas attendu dix ans et que, confrontés aux lois de la nature, ils ont ramé comme beaucoup de gens. Mais non. Si tu veux bien, épargnons-la et débarquons bientôt en lui disant que tout s'est exactement passé comme on l'espérait.

*

Mes valises bouclées, je regarde mes parents assis sur le canapé devant Michel Drucker. Charlotte m'a dit que ses parents et ses beaux-parents les avaient beaucoup soutenus, elle et Benjamin. Tout son entourage criait à l'injustice. C'est comme ça que ça se passe quand un couple ne parvient pas à avoir d'enfant.

Si moi, je n'y arrive pas, on ne me soutiendra pas, on me dira simplement que j'ai fait le mauvais choix en pensant « quel soulagement ».

*

Quelques jours plus tard, je suis de retour à Paris, Éléonore est chez moi. Nous ne passons pas la soirée du 31 décembre ensemble, mais nous prenons un verre avant. Félix devrait se joindre à nous. Je viens de faire un test de grossesse, je ne suis pas enceinte d'Arnaud. Drôle de nouvelle pour le dernier jour de l'année.

— Allez, t'en fais pas, Arnaud a les bourses un peu molles, va.

— Tellement molles.

Je lui dis que ce n'est pas si grave. Je sais bien le temps qu'il faut : entre six mois et un an pour tomber enceinte. Et encore, avec un partenaire régulier.

— Si je pouvais, je te le ferais ce môme, moi.

— Un roux, quoi.

— Ta gueule.

Éléonore joue au jeu des bonnes résolutions. Elle énumère les siennes : lire plus, se mettre au sport, arrêter de fumer, voyager davantage, se coucher plus tôt, épargner, boire un jus de citron tous les matins parce que ça nettoie l'intérieur. Au moins jusqu'au 2 janvier. Et toi ?

Tomber enceinte, aller davantage voir mon grand-père – je ne l'ai pas vu depuis juin, il me manque. Et enfin gagner au 2048.

Félix passe en coup de vent. Il est complètement à la bourre pour sa soirée. Il doit prendre une douche, appeler Sonia et acheter du saumon.

« Du saumon, sans déconner. Mes potes deviennent vieux, ils veulent qu'on fasse entrée-plat-dessert. »

Éléonore et Félix se voient pour la première fois. Ils accrochent très vite, ils ont le même humour, presque le même sourire. Mais pas la même soirée.

« Moi, je dois aller acheter des bières. »

Nous trinquons en cinq minutes. Quand Félix part, je lui crie depuis le canapé :

— Et tes bonnes résolutions, toi ?

— Rompre.

Et il claque la porte. Le visage d'Éléonore s'illumine, elle me donne un coup de coude :

— Je ne t'ai pas dit, j'ai aussi la bonne résolution de rencontrer un brun aux cheveux bouclés, qui court vite et achète du saumon le 31 décembre.

— Il n'est pas assez mou pour toi.

Elle soupire.

À la télé, en fond, une publicité appelle à envoyer un SMS au 70715 pour savoir si une grossesse est prévue dans l'année. Léo essaie de mémoriser le numéro. À quelques heures de 2016, je lui dis que c'est bien inutile.

*

La porte d'entrée d'Alice et Alfred est ouverte. Quand je pénètre dans le brouhaha de la soirée, mes yeux tombent tout de suite sur Julian. Ma respiration se bloque. Il est de profil, un gobelet en plastique blanc à la main. Il discute avec un type pas très grand et tous les deux ont l'air très sérieux. Je ne savais pas qu'il serait là. Si j'avais su, j'aurais mis mon pull à paillettes. Il l'aimait bien. « T'as encore mis ton pull de patineuse artistique. » Et puis je me reprends, surprise de penser à ça, là, maintenant.

À mes pieds, des sacs à main et des paires de chaussures gisent au sol ainsi que des petits paquets bien emballés, aux couleurs de Noël. Des cadeaux pour Alban certainement. Alice et Alfred sont en pleine conversation avec Nicolas, près d'un sapin géant, décoré de blanc et bleu.

J'entends Alice crier mon nom. Alfred tourne la tête très vite vers moi. Nicolas fait la même chose. Julian fait la même chose. Toutes ces tronches sur moi qui fixent mon visage. J'aimerais qu'ils fixent mon ventre. Un jour, j'aimerais être l'objet de toutes les attentions avec toi au milieu. Je souris comme une potiche et me dirige vers mes trois amis, le ventre plat.

Un instant, j'imagine le moment où j'annoncerai ma grossesse à tous. Une sensation de bien-être m'envahit, j'en ai des fourmis dans les doigts.

Nicolas, tout rouge, s'approche de moi, accompagné d'une petite blonde au visage gai. Une tête de Julie Gaulois. Je l'imaginais exactement comme ça. Ils se tiennent l'un contre l'autre et ne se lâchent déjà plus. Nico semble tendu. Je vois à ses yeux qu'il espère que Julie Gaulois me plaira. Les présentations se font. Je l'embrasse, elle a les joues chaudes.

Je vais me chercher un premier verre. Alice m'agrippe et murmure à mon oreille qu'Aurélie est sur le canapé. Mes yeux hésitent un instant à découvrir ce visage tant imaginé, celle dont j'ai rêvé certaines nuits, vêtue d'une blouse MSF, Julian contre elle qui la soulevait dans une infirmerie au Togo et lui faisait l'amour en saisissant ses jambes interminables.

Je me lance et ne la lâche pas du regard. Son ventre est énorme. Aurélie ressemble à la fille de mes songes, elle est très grande. Sur le canapé, ses pieds touchent le sol et son chignon dépasse les têtes de ses voisins. Un instant, je me dis que j'aurais dû être à sa place. Je rêve d'une grossesse au passé, je revois la scène du test avec Julian, il y a deux barres, pas de rupture, Julian n'a pas besoin d'air, trouver l'air ensemble et à deux, dans le XIVe arrondissement, prétendre que c'est l'endroit le plus respirable de la capitale.

Cul sec.

*

Une voix grave me tire de mes pensées, une voix familière, une voix qui a partagé tant de mes matins et m'a si souvent aidée à m'endormir le soir. Cette voix prononce mon prénom. Elle l'a déjà fait un million de fois. Sa musicalité est inchangée.

Je me retourne les yeux grands ouverts et certainement luisants. Et je revois ce visage. Celui que j'ai perdu un matin de septembre, celui qui s'est décomposé, d'un coup d'un seul, qui a décidé de tout enterrer et qui a fait son sac en prenant soin de tout embarquer. Enfin, sauf mon désir d'enfant.

Il regarde mon pull bleu marine et me demande comment je vais.

— Bien, et toi ?

— La grossesse se passe bien.

J'ai envie de répondre : la mienne aussi, merci.

Alice débarque. Elle sent que je suis mal à l'aise et nous savoir à trois me rassure. Je les écoute parler tous les deux. Ils évoquent évidemment la maternité. À quel âge les enfants marchent, font leurs dents, bouffent leur premier steak. Aurélie nous rejoint, elle occupe toute la place au sein de notre cercle et prend un air pincé pour dire à Alice que les gens fument un peu trop. Alice coupe la musique et hurle à la foule : il faut fumer dans la cuisine. Je cache ma clope dans mon dos.

« Je te vois, Jeanne », hurle Alice sur sa lancée.

Alfred la regarde d'un air de dire « moins fort ». Les invités se figent, regardent leur cigarette entamée, plus personne n'ose parler. Et Aurélie repart jusqu'au canapé en remuant les fesses.

Je manque d'aise. Voir Julian et Aurélie me dérange. Tout ça est donc bien vrai. Son ventre est si gros que le mien tremble d'impuissance. J'essaie de ne plus les regarder.

À table, je passe beaucoup de temps à discuter avec Julie Gaulois. Elle est éducatrice spécialisée pour adolescents dans un service psychiatrique à l'hôpital. Elle adore ce qu'elle fait, même si parfois elle se prend des coups et se fait traiter de salope. Ses anecdotes me font rire, d'un rire coupable – j'aime bien l'histoire du gamin qui pense être François Hollande et pleure parce que sa cote a baissé dans les sondages.

Elle est en admiration devant le ventre d'Aurélie. Qu'est-ce qu'elle est belle, chuchote-t-elle à mon oreille, elle porte très bien la grossesse. Ses yeux rêvassent, je vois dans ses pupilles son ventre pousser. Moi aussi, j'envie le ventre d'Aurélie, et c'est peut-être celui que j'envie le plus. À l'autre bout de la table, la femme enceinte attend encore son assiette. Alice s'occupe de son magret de canard en cuisine et le fait « bien cuire ».

Rapidement, Julie Gaulois tente de clore le sujet « grossesse », comme si sa bouche béante face à ce bidon trahissait son envie hâtive d'un bébé avec Nicolas. Elle craint devant moi d'aller plus vite que la musique. L'approche de minuit l'extirpe de sa révélation à moitié masquée. J'ai presque envie de lui dire de faire son bébé maintenant, parce que les gens et les histoires s'envolent, parce que le temps passe très vite. Parce que ça paraît une bonne idée de le lui dire avant minuit pour qu'elle démarre la nouvelle année avec un objectif ferme.

Alice demande à tout le monde de se lever. C'est le moment du compte à rebours. Elle croise les doigts. Alice est superstitieuse. Toute la pièce s'affole. Alfred allume la télé pour se caler sur la montre de Patrick Sébastien. Nous nous plaçons en troupeau devant l'écran. Dix, neuf, huit, sept, six, cinq, quatre, trois, deux, un.

Bonne année.

85 mois

Ils hurlent. Ils se serrent dans les bras les uns les autres. Ils font exploser le champagne. J'embrasse mes amis et leur souhaite le meilleur. Les hôtes sortent une série de jeux à gratter qu'ils distribuent à la dizaine d'invités. Chacun gratte nerveusement.

Après le dessert, je partage quelques verres avec Julie Gaulois et Nicolas. Je discute aussi avec une collègue d'Alice, une certaine Nathalie. Elle porte une petite jupe en dentelle noire et un pull bordeaux. Elle enchaîne les cigarettes. Je la trouve très maniérée, sa frange sursaute sur son front à chaque fois qu'elle me dit « non, mais tu vois ? ». Ce que je suis censée voir, c'est que son mec n'aime pas sortir et que ce n'est pas une vie. « Et là, il est tout seul chez nous. Un 31 décembre. Non mais tu vois ? » Elle me fatigue et je sens que j'ai tout intérêt à « bien voir » pour ne pas l'exciter davantage.

En parallèle, Aurélie, qui ne fait que bâiller, me toise. Elle est affalée sur le canapé, seule, tout le monde est déjà passé la voir pour parler de sa grossesse, et maintenant je surprends ses yeux qui me fixent, puis regardent la pièce, les gens, puis me retrouvent à nouveau. L'expression de son visage me fait froid dans le dos. Je ne sais pas ce qu'elle me veut, je sais simplement à quoi c'est lié.

Je la fixe en retour et croise ensuite le regard de Julian. Un regard posé sur moi depuis plusieurs secondes. Julian semble complètement bloqué, j'ose un petit signe de la main, il me fait un grand sourire.

Ce sourire, je le connais parfaitement, je sais y répondre et j'en maîtrise l'histoire. L'histoire s'est seulement échouée il y a plus d'un an, l'histoire a dû changer.

Puis l'assemblée se divise en deux groupes, ceux qui font un baby-foot et ceux qui jouent au Trivial Pursuit. Je me promène entre les deux. Je marque deux buts et gagne trois camemberts. Aurélie et Julian ne se croisent jamais. Son gros ventre l'empêche de jouer au baby-foot, alors elle étale sa culture générale dans le salon. Elle est brillante, cette fille. J'ai été ravie que Julian soit occupé au baby-foot quand j'ai joué contre elle. La peur qu'il nous compare, la peur qu'il ne regrette rien.

Elle m'intrigue, j'ai envie de connaître son parfum, son histoire, son visage sur ses photos de classe, petite. J'ai envie de comprendre ce que je n'avais pas. Et ce qu'elle avait pour le séduire sous un climat tropical.

Vers trois heures du matin, épuisée, je pars à la recherche de ma veste. Dans le taxi, Sanson chante « Vancouver » et je m'endors à moitié sur l'appuie-tête.

« C'est difficile, le choix d'une viiiiiie. »

*

Le lendemain vers quinze heures, je passe chez Alice et Alfred avec Nicolas et Julie pour finir les restes. Alice n'a pas dormi de la nuit. Elle a bien essayé mais Alban en a décidé autrement. Elle dépose du foie gras dans une assiette, je fais griller des toasts.

« Je cogitais cette nuit, avec Alban dans les bras. Je n'arrivais pas à le calmer et je me suis dit que tu allais vivre l'enfer, toute seule. »

Le grille-pain saute.

— L'enfer ?

— Parce qu'à deux, c'est déjà difficile. Il va te falloir du courage.

— J'en ai à revendre, du courage.

— C'est vrai que t'es une fille courageuse.

Le grille-pain saute de joie.

« J'ai des journées de dingue et là, je vais reprendre le boulot. J'appréhende. Tu peux sortir le confit d'oignons du frigo, s'il te plaît ? »

Julie nous rejoint et propose de nous aider. Alice lui tend des assiettes en carton.

— Alice qui utilise des assiettes en carton ? je demande.

— J'ai promis à Alfred que, cette année, je lâchais du lest.

*

Trois jours plus tard, Alice m'appelle complètement furax. Je m'apprête à monter dans le train.

« Ma remplaçante m'a plus que remplacée. Ils l'embauchent pour qu'on bosse main dans la main. Main dans la main de quoi ? »

Alice est responsable des ressources humaines dans un groupe de presse. Son retour de congé maternité ne semble pas avoir été attendu avec impatience. J'entends à l'autre bout du fil sa colère, j'éloigne le téléphone de mon oreille. Elle ne supporte pas l'idée de partager son boulot avec quelqu'un :

« Je connais mon travail, je sais ce que je dois faire, je n'ai besoin de personne et surtout pas d'une pimbêche qui adore se faire mousser. »

Plus elle monte le ton, moins je l'écoute. Je n'ai pas envie de l'entendre se plaindre, je crois même que je n'en ai rien à faire de ses petits problèmes de fille qui se sent mise à l'écart. Elle, ce soir, elle va retrouver Alban, elle va changer une couche, elle va tout oublier.

Quand j'avais vingt ans, que je ne rencontrais personne et écoutais des copines en couple déblatérer sur leurs tracas, je trouvais ça injuste. Elles avaient la chance d'avoir un mec, et c'était à mes yeux l'essentiel. Aujourd'hui, l'essentiel ressemble à un bébé, j'en veux à Alice de ne pas s'en rendre compte.

*

Alice a de la chance. Je crois que c'est une fille à qui tout arrive très simplement. Elle a rencontré Alfred il y a huit ans en visitant un appartement à Paris. Il visitait le même. Ils ont sympathisé en faisant la queue dans la cage d'escalier. Ils ont parlé du loyer, de leurs garants. Alfred a tout de suite su que le père d'Alice était médecin, elle a tout de suite su que le sien était mort. Après une confidence pareille, ils se sont retrouvés en bas de l'immeuble, dans une petite rue discrète. Ils ont parcouru quelques mètres pour trouver un café. C'était un bar miteux, ils ont commandé deux allongés. Alfred a décroché l'appartement. Un mois plus tard, Alice l'y rejoignait. Ils révisaient leurs cours tard le soir, elle était en fac d'éco et lui en école de commerce. Ils voulaient réussir leur vie et faire un bébé.

Sept ans plus tard, c'était réglé. Ils se sont dit « c'est maintenant ». Après deux mois, Alice était enceinte. Une partie d'elle semblait sincèrement surprise que ça arrive aussi vite, une autre semblait trouver ça normal. Moi, je me remettais à peine de ma rupture avec Julian, je vivais chez mes parents. Quand Alice m'a annoncé sa grossesse, elle a pris des pincettes : elle savait qu'on y pensait avec Julian alors elle marchait sur des œufs. Elle a bien mis cinq minutes à lâcher sa bonne nouvelle. Si elle avait pu me le dire entre guillemets, elle l'aurait fait. Je sais qu'elle a pensé m'avoir « dépassée ». Non pas fièrement, non pas par sentiment de compétition, mais simplement parce que je devais tomber enceinte avant elle, parce que les choses avaient été écrites ainsi dans notre groupe d'amis. On en parlait tous ensemble, on se disait « nous les premiers, vous juste après », ça nous faisait plaisir d'imaginer des enfants du même âge.

Je crois qu'Alice était triste qu'on lâche « nos jumeaux », cette aventure qu'on allait vivre à quatre. J'ai l'impression qu'aujourd'hui, elle a oublié, elle ne ressent plus la même chose. Parce qu'elle s'est faite à l'idée que ce serait sans moi, qu'une fois enceinte elle est restée concentrée sur son cap, enfin et surtout parce que faire un bébé toute seule n'a plus rien à voir avec la choucroute.

Si je ne suis pas à plaindre, je crois que je n'ai jamais avancé aussi facilement qu'Alice. J'ai pleuré pour beaucoup de garçons, j'ai attendu longtemps une belle histoire. Quand j'ai rencontré Julian, je bossais comme guichetière à Versailles, j'ai souvent guetté ses appels, j'ai espéré des heures durant que l'histoire fonctionne, il lui a fallu plusieurs mois pour être parfaitement à l'aise, pour me présenter à ses amis et me proposer autre chose que des verres en bas de son boulot. Il doutait beaucoup, il se surprenait lui-même à avoir envie de me voir, il ne se reconnaissait pas. Puis un jour, il a eu pied.

On a voulu un enfant, mais on l'a voulu trop tard, on l'a voulu alors que Julian manquait déjà d'air. Il est parti et aujourd'hui je rame seule, je veux construire ma vie, m'accomplir, mais rien ne tombe du ciel. Sauf dans la vie d'Alice. Alors je n'ai pas envie de l'entendre gémir.

*

À la Maison des Lilas, en région parisienne, j'arpente les couloirs à la recherche de la chambre 16. Je viens voir mon grand-père maternel pour lui souhaiter une bonne année, fidèle à ma bonne résolution. Mes parents seront là dans une trentaine de minutes, ils sont passés acheter des pâtisseries pour qu'il s'en mette plein la panse. Il est fatigué, il perd la boule. Alors quand je lui dis bonne année, il me répond « merci mais ils ont oublié mon gâteau, ici ».

Sa chambre sent les médicaments et la vieillesse. Des stores gris laissent passer une lumière très blanche, une lumière de janvier. Je suis bien ici, avec lui, l'impression d'être loin de tout. Je le prends dans mes bras.

Nous avons une conversation sans queue ni tête. Il m'appelle Charlotte, je réponds Jeanne. Il demande comment va Jeanne, je rétorque que Charlotte va bien.

Puisque notre échange le permet, je lui raconte que je vais faire un bébé.

— Avec Julian, dit-il.

— Mais non, Julian, c'est fini, tu sais bien. Je vais le faire toute seule.

— Julian fera un bon papa.

— Oui, Aurélie est enceinte.

— Ça se voit moins que toi.

Je me marre.

— Mais tu sais, c'est chiant les enfants. Regarde ton père.

— Tu es le père de maman.

— Oui, bah ton père, il a été un enfant aussi.

Quand l'infirmière passe, il lui demande où est son gâteau d'anniversaire, parce que Charlotte a faim. Elle lui répond que ce n'est pas son anniversaire.

— Quand êtes-vous né, M. Safran ?

— Aujourd'hui.

— Non, vous êtes né le 1er mai, le jour de la fête du Travail.

— Oui, aujourd'hui.

Je dis à mon grand-père qu'il doit attendre cinq petits mois pour son gâteau d'anniversaire. Il répond que c'est normal, ici les gens ne travaillent pas très vite.

*

« Non, mais qu'est-ce que c'est que cette histoire de bébé toute seule ? Ton grand-père perd la tête mais quand il me dit que ma fille va faire un bébé toute seule, c'est bête mais je le crois, tu vois. »

Ma mère s'excite, une cigarette à la bouche, en s'acharnant sur l'essoreuse. On s'entend à peine dans cette cuisine.

Elle appelle mon père. « Jean-Claude, viens voir. Finis d'essorer la salade, je m'occupe de la vaisselle. Et t'entends un peu ce que ta fille va faire ? Comment on fait un bébé toute seule, tu m'expliques ? »

J'ai deux issues : dire la vérité ou tout mettre sur le dos de mon grand-père.

Mon père me regarde, très calme. Il ne semble pas choqué. « Elle a trente-trois ans, Isa, elle fait bien ce qu'elle veut, il faudrait peut-être que tu arrêtes de vouloir décider à la place des autres », dit-il en ressortant de la cuisine. Ma mère grommelle : « Isa, Isa, elle fait bien ce qu'elle veut, Isa, Isa. Ça ne se passe pas comme ça, la vie. On ne fait pas un enfant seule. Déjà à deux, tu nous as donné du fil à retordre, Jeannette. »

Elle attrape des gobelets en plastique pour les laver. Il paraît que bientôt ça ne se vendra plus.

— Alors je veux en garder, tu comprends, c'est pratique, ça évite de faire la vaisselle.

— Du coup, tu la fais quand même ?

— Du coup oui, de quoi je me mêle ?

Je sors à mon tour de la cuisine. Je prends mes affaires et décide de partir. Je m'apprêtais à dîner chez eux après l'après-midi passé avec mon grand-père, mais je ne pourrais rien avaler. « Ma pauvre », dit ma mère. « Et le pauvre gamin. » Le gobelet en plastique qu'elle est en train d'essuyer se brise entre ses mains.

Je pars brutalement. Elle crie mon nom. Je ne me retourne pas et emprunte la longue allée jusqu'au portail.

Aux dernières nouvelles, mon ventre est devant moi.

*

Une fois de retour chez moi et à peine installée sur mon canapé face à une soirée déjà vide, mon père m'appelle. Je ne réponds pas. Il m'envoie alors un message, qui me dit de suivre mes envies et de faire comme je le sens.

Je fonds en larmes. Ça me fait un bien fou.

Je passe le reste de la soirée seule chez moi, à espérer que demain passe vite, parce qu'Éléonore ne sera pas là, je serai seule avec Henri. Je n'ai pas envie de parler, je m'en fiche de ses chevaux, je crois même que les juments, ça tombe enceintes du premier coup et ça me dégoûte.

*

J'ai un nouveau rendez-vous chez le gynécologue. J'ai besoin de savoir si mon corps se porte toujours bien car malgré mes tentatives, certes peu nombreuses, je ne tombe pas enceinte et je veux que 2016 soit l'année de la réussite. J'attends des explications. Les médecins qui s'appellent Cohen ont un nom à vous dénicher des solutions.

Alors que je suis allongée sur sa table, toujours en face de l'écran, il me certifie que mon corps va bien.

— L'obsession vous bloque, Mlle Marmouset. Et puis il faut multiplier les chances.

— Mais vous pensez que je vais tomber enceinte rapidement ?

— L'obsession vous bloque, je vous le répète. Ensuite, je ne suis pas devin, allez voir une voyante, dit-il en plaisantant.

Je signe un chèque. Il ne me fait pas rire.

*

Julia Lumière, voyante et tarologue. J'ai vu son nom sur un petit papier blanc accroché à un tronc d'arbre en pleine rue en sortant de chez Cohen. Elle a bien un nom de voyante qui vous entube à deux cents euros le tirage de cartes mais peu importe.

Je l'attends dans une rue étroite du Xe arrondissement devant une porte bleue. Je donne des coups de poing mais personne ne répond.

Une petite dame aux traits fins finit par arriver. Son nez est grand et pointu. Sa bouche est très étendue. Une bouche liftée. Elle a des cheveux longs et blonds. Elle s'assure que je suis bien son rendez-vous et m'invite à la suivre. Je m'attends à trouver un décor obscur, avec des boules de cristal en guise de décoration et des grands rideaux noirs en velours abritant quelques secrets. Mais non. Le bureau est presque sans vie, il y a juste une plante pimpante dans un coin, une boîte de thé et des voilages. Elle dit que le vide est essentiel pour mieux lire les cartes. Trop d'éléments pourraient perturber le tirage.

Je m'assieds donc en face de Julia qui ne me pose aucune question. Elle respire calmement, comme si elle cherchait à se connecter à elle-même. Puis elle mélange ses cartes avec frénésie.

Je l'observe. Elle a un drôle d'accoutrement. Si rien ici ne ressemble à une roulotte comme on peut en voir dans les films, elle est habillée de matières amples aux motifs indescriptibles. Elle m'invite à tirer trois cartes sans réfléchir et à les poser face contre la table. Je m'exécute.

Elle retourne alors la première avec sa main gauche aux doigts immenses et aux ongles jamais coupés. Puis la deuxième. Elle soupire. Enfin la troisième en balançant la tête d'un air de dire : « Moyen, tout ça. » Elle m'invite à recommencer. Cinq minutes plus tard, gisent près de quinze cartes sur la table. Elle les superpose, les rassemble, les fixe de près. Je ne comprends rien. Elle est en communion.

— Vous voulez un enfant ?

— Euh, oui.

Elle aurait pu me demander si je prenais souvent le train et si j'adorais la coriandre. Non. Elle voit un projet d'enfant. Elle ajoute que ça va être très difficile. Panique.

— Toutes les chances ne sont pas réunies, dit-elle.

— Mais je serai enceinte quand ?

— Je ne peux pas vous le dire.

Elle continue de jouer avec les cartes et me demande de me mettre debout.

— Pour quoi faire ?

— Ça convoque d'autres énergies.

Je tire des cartes.

— Vous avez un hamster ?

— Non.

— Connaissez-vous un hamster ?

Je ris. Oui, je connais un hamster, même que parfois on se fait une bouffe et un poker.

— Euh, oui.

— Il a de très bonnes ondes.

— Un hamster ?

— C'est un être vivant.

— D'accord, j'éviterai de marcher dessus par inadvertance.

— Comment ça ?

Julia Lumière n'a pas beaucoup d'humour. Et du rouge à lèvres sur les dents. Elle remarque que mes yeux fixent sa bouche et passe alors sa langue pour nettoyer son Chanel appliqué minutieusement il y a quelques secondes.

Elle me conseille ensuite de consulter un gynécologue. Je ne dis rien. Puis elle m'invite à tirer une ultime carte. Elle ferme les yeux, gigote ses doigts au-dessus, comme si elle tapotait sur un clavier. « Je vois un accouchement imminent dans votre entourage. »

Dans le même temps, et je ne le sais pas encore, Julian est papa d'une petite Lila, trois kilos cent et le regard de sa maman.

*

Alice trouve la petite magnifique. Elle le répète en boucle. Elle hésite à me tendre son téléphone et à me montrer une photo du bébé. Alors je le saisis, je lui rends service, je veux voir Lila. Je m'exclame qu'elle est très belle. En réalité je n'en sais rien, je suis simplement jalouse. Alors comme ça, c'est toujours vrai, Julian est papa, sa petite vie suit un chemin tranquille, il avance et tout va bien. Pourquoi s'est-il reconstruit aussi vite, pourquoi suis-je là à espérer la même chose sans y parvenir ? Je le vois conduire une poussette et j'ai envie d'écarteler un moustique.

— Ça fera une copine à Alban, c'est génial. J'espère qu'Aurélie parlera italien à Lila, comme ça Lila parlera italien à Alban.

— Parce qu'Aurélie est italienne ?

— Sa mère, oui. De toute façon, on pense mettre Alban dans une école internationale, nous.

Ils vont tous avoir des mômes trilingues, je suis pressée d'en avoir un tout court.

*

Alice, toujours déterminée à me faire changer d'avis, décide de m'énoncer tous les inconvénients de la grossesse. Nausées, hémorroïdes, larmes incontrôlables, mal de dos, insomnies. Tout y passe, elle détaille chaque petit bobo avec exactitude, on dirait qu'elle a potassé toute la nuit. Elle n'a pas « vécu tout ça », précise-t-elle mais « ça arrive à la majorité des femmes donc ça t'arrivera ».

C'est presque mignon de sa part de tant se battre pour que je ne fasse pas ce bébé.

« Et si demain je rencontre un mec et qu'on décide de faire un bébé, tu me conseilleras de m'abstenir à cause des nausées, des hémorroïdes, du mal de dos ? »

Elle ne sait plus quoi dire. Elle cherche. Alice n'est pas du genre à s'avouer vaincue. Elle prétend alors qu'à deux, les maux de la grossesse se gèrent mieux.

— Tu auras du soutien.

— C'est vrai que c'est important en cas d'hémorroïdes.

Elle me prend au sérieux. Finalement, tant mieux. Je suis presque heureuse qu'elle se sente utile, en bonne voie. Si ça pouvait l'aider à relâcher la pression et à me foutre la paix par la même occasion, je suis prête à entendre que le caca, ça pue et qu'il vaut mieux être deux pour affronter le problème.

— Mais tu ne devais pas lâcher du lest ?

— J'ai déjà utilisé des assiettes en carton le Jour de l'an, mollo.

— Arrête de t'en faire pour moi.

— C'est parce que je veux ton bien.

Alban se met à pleurer, elle se lève, me caresse l'épaule et va le chercher. Une chaleur envahit mon ventre : il était temps qu'il se réveille, j'ai envie de le voir, j'ai envie qu'elle me le confie.

*

Arnaud me souhaite une bonne année. Nous dînons chez lui. Il sort des bières et pose sur son bar les résultats de son dépistage. « Pour s'amuser en toute prudence », dit-il. Je souris. Il veut lier l'agréable à la prudence, je lie l'utile à l'agréable. Je lui promets de faire un test aussi.

Tous les deux, nous discutons de la nouvelle année qui s'annonce et de ses projets. Il veut aller en Italie et en Amérique du Sud. Il sort une carte du monde qu'il étale sur sa table basse. Des croix sont inscrites là où il a voyagé.

— Tu feras quoi, quand tu auras tout vu ?

— Je serai mort.

Nous faisons l'amour, à moitié sur son canapé, à moitié sur le tapis. Il se passe quelque chose de différent, ce soir. Je suis persuadée que tu arrives, je te vois venir. Peut-être parce que faire l'amour « en toute prudence » me détend, peut-être parce que c'est mon premier rapport sexuel de l'année et qu'il est, indéniablement, le bon.

*

Sur le quai, je raconte à Éléonore la soirée avec Arnaud. Je lui dis que « je sens quelque chose dans mon ventre. » Ses dix apôtres sont au rendez-vous. Elle pose ses mains sur mon pull, heureuse d'imaginer qu'il se passe à l'instant même une chimie tant attendue à l'intérieur.

— Et du coup, tu vas dire quoi à Arnaud si tu es enceinte ?

— Rien. Je disparaîtrai. C'est le plus correct.

— Ou le plus incorrect.

Les traits d'Éléonore se transforment en ceux d'Alice. Ses dix apôtres s'échouent à mes pieds en se tirant une balle.

« Et puis ça va être compliqué de disparaître, Jeanne. Vous vous entendez bien, vous commencez à vous connaître. »

Peut-être que ce sera compliqué oui, parce que tout est toujours compliqué. C'était compliqué quand Julian est parti, c'était compliqué pendant un an, compliqué de prendre ne serait-ce qu'une douche, compliqué de sourire en soirée, compliqué d'aller bosser. La vie est compliquée, c'est compliqué de trouver sa place dans ce bordel, de rester en vie alors qu'on va tous crever, d'activer ses ovaires par la simple pensée et de se démerder toute seule, tout le temps, matin, midi et soir.

Puisque tout est si compliqué, je descends du train dans lequel on vient de monter, je n'ai pas envie d'aller bosser, pas envie de voir des centai[illegible] connards avec leurs billets et leur carte Week-[illegible] ils se barrent tous en Bourgogne respirer l'air fra[illegible] ils vont tous se faire troncher après trois cocktails, et moi ? Je ne suis pas compliquée, moi, je n'ai rien demandé, putain, jamais la lune, même pas les croissants au petit déjeuner. J'ai seulement demandé un bébé, un petit bonheur de trois kilos et même si quand il est là, c'est un peu compliqué, qui osera me dire que ça l'est moins à deux ? Ils me font tous chier. Je rentre.

— Mais Jeanne, reste là.

— Tu diras à Henri que j'ai rendez-vous chez le pédiatre.

— Hein ? Jeanne ?

(Silence.)

— Tu fais chier avec tes caprices.

*

Je prends un verre toute seule au bar-tabac en bas de chez moi, je n'ai pas envie de rentrer. J'achète des jeux à gratter et je perds. Malheureuse aux jeux, heureuse en bébés. Je serai mère célibataire et pauvre.

Je pense à cette grossesse qui démarre peut-être, aux légumes que je dois manger, à la cigarette que je ne dois pas allumer et à Arnaud. J'aime bien avoir un doute. Des fois que le doute serait un bébé.

C'est vrai, je vais faire un bébé dans le dos de quelqu'un. Un coup bas qui pèsera lourd, un coup bas que j'irai déclarer à la mairie, qui aura un numéro de Sécurité sociale et un carnet de santé, que j'inscrirai à la crèche et qui fera de grandes études.

Mais puisque je ne pourrai jamais imposer mon choix à ton géniteur, puisque cette décision vient de moi et de moi seule, alors je préfère qu'il ne sache jamais rien, qu'il garde de sa légèreté et ne se sente aucune responsabilité. J'encaisserai tout, je me débrouillerai. C'est vrai que c'est un choix étrange. En agissant comme ça, c'est très certainement à toi que je ferai le plus de mal.

*

J'ai pris deux jours de congé, je n'avais pas le courage d'affronter le boulot. Besoin de prendre un peu de temps pour moi. Henri m'a dit d'accord par message, avec deux fautes d'orthographe. Éléonore a essayé de me joindre ce matin, à l'heure où le train démarrait, mais je n'ai pas répondu. Pas envie.

En fin d'après-midi, j'en profite pour passer voir Félix au travail.

« Vous vous relayez. Nicolas est venu hier s'acheter un nouvel équipement. »

Il est mignon, Félix, avec son survêtement et son allure de coach sportif. Nous prenons un café rapidement dans l'arrière-boutique, il doit retourner à ses occupations, conseiller des chaussures à une mamie qui veut faire de la marche rapide et un tee-shirt anti-irritations à un type qui a des démangeaisons après le sport. Il me tend ses clés en me demandant de prendre son linge sale pour faire une machine chez moi, si possible.

— Comme si on était un vieux couple.

— Comme si j'étais ta mère.

Sur le chemin du retour, vers l'hôtel de ville, une voix crie mon nom. Des pas s'affairent. Boris se poste devant moi.

Il trouve ça « drôle » de se croiser par hasard. Je rigole pour lui faire plaisir.

— Ta voiture va bien ?

— Mieux, merci.

Nous n'avons rien à nous dire. Je le trouve toujours aussi magnifique. Mon corps entier aimerait se jeter sur lui. J'ai même envie de toucher sa cicatrice.

— C'est bien, t'as vu ? Ma sœur a certainement trouvé.

— Trouvé quoi ? Je ne savais pas qu'elle cherchait quelque chose.

Boris est presque gêné. Il me propose un café. Nous nous installons à une petite terrasse chauffée dans une rue pavée. Nos chaises sont bancales et je grouille de questions :

— Elle a trouvé quoi, ta sœur ? De quoi tu parles ? Je suis censée savoir ?

— Un appartement à Lille pour sa mutation. Elle a un bon plan.

— Quelle mutation ?

Il m'explique qu'Éléonore déménage, elle quitte Paris, dans quatre mois si tout se passe bien. Elle a une piste pour un appartement, un truc d'une vieille tante. Un jour on m'expliquera pourquoi tout le monde a un bon plan d'appartement grâce à une vieille tante.

J'ai soudainement le vertige. J'aurais préféré qu'elle ait retrouvé son chat. Je bois mon café d'une traite, je déchire un mouchoir en petits morceaux, je m'agace sur place.

— Elle voulait de l'air frais, c'est vrai, je dis.

— C'est bien, Lille. Et ce n'est pas loin.

— Deux jours que je n'ai pas été bosser et il s'en passe, des choses.

— Ça fait deux semaines qu'elle le sait. Pourquoi tu n'as pas été bosser ?

— Paf, le bus.

Je saisis mon téléphone pour appeler Léo. Boris retient mon geste, il culpabilise d'avoir parlé alors que je ne savais rien. J'écourte le moment. Je dépose deux euros sur la table et me lève brusquement.

— Attends, je te ramène.

— Non, c'est bon, ne t'inquiète pas.

— Mais si, viens.

Je finis par accepter et le suis jusqu'à sa voiture. Il démarre, je ne lâche pas un mot, je suis en colère contre Éléonore. Il essaie de détendre l'atmosphère en se moquant d'un petit vieux qui traverse la rue en rythme avec la chanson qui passe à la radio. Décidément, dans sa voiture, l'ambiance est toujours tendue.

— Je te dépose où ?

— Chez ta sœur, finalement.

— Je vais me prendre une raclée, moi.

— Pourquoi ?

— Parce que je t'ai tout dit.

— Je lui en mettrai une.

Boris s'arrête sur une place de livraison pour que je descende. Au même moment, Éléonore passe sur le trottoir et reconnaît immédiatement la voiture de son frère. Elle se penche à ma fenêtre. Je baisse la vitre.

— Ah bah, tu es là, toi, dit-elle.

— Et toi, tu n'es pas à Lille ?

Elle se sent piquée et nous invite à monter tous les deux chez elle : sa colocataire n'est pas là. Elle m'explique alors qu'elle en a sa claque de Paris, une grosse claque. Que je le sais bien, elle m'en parle tous les deux jours de son ras-le-bol et de l'air qui pue ici. Elle part début juin. Elle allait tout me dire. Boris est déjà au courant parce qu'ils en ont parlé avec leurs parents. Il hoche la tête pour soutenir sa petite sœur.

Je m'en fiche qu'elle se justifie. Finalement, je suis simplement déçue d'apprendre son départ et effarée à l'idée d'un quotidien sans elle.

— Ouais, bon, c'est nul, c'est triste.

— Mais non, Jeanne, tu prendras le train avec tes quinze gosses pour venir me voir.

— Non.

— Connasse.

Boris nous écoute et s'exclame : « Eh ben, tu veux quinze gosses, Jeanne ? »

Éléonore a l'impression d'avoir fait une boulette, je réponds « non, quarante-deux ».

Nous prenons l'apéro tous les trois, par terre. Le canapé a été vendu, Éléonore et Alexandra n'en ont pas racheté un. Boris hume le vin qu'Éléonore nous sert. Il fait quelques commentaires, je ne sais pas quoi dire à part « d'accord ».

— Passe à la boutique quand tu veux, je te ferai goûter de bons rouges.

— Je pourrai venir avec mes quarante-deux mômes ?

Il rigole, prend mon numéro de téléphone, Éléonore est ravie. Elle a bien fait de nous déboucher une piquette. J'hésite à boire, j'hésite à te faire du mal, il ne faudrait pas t'abîmer, toi qui essaies de t'accrocher.

Nous passons le reste de la soirée à parler du boulot. Peut-être une façon de se prouver que tout n'est pas encore fini – il reste encore quatre mois, et quatre mois, c'est beaucoup. Boris se marre à chaque fois que nous parlons d'Henri. Il paraît qu'hier, il a demandé à Éléonore des conseils pour acheter une nuisette sexy à sa nouvelle compagne, rencontrée sur Internet.

— Il a dit qu'il voulait un truc oula-oula-et-tout-et-tout. Il était même déçu que tu sois absente, il voulait nos deux avis réunis.

Alexandra, la colocataire d'Éléonore, est de retour. Je l'aime bien, Alexandra. Elle me fait sourire, elle essaie d'être la même qu'Éléonore. Elle sort, elle danse, elle crie, mais quelque chose sonne faux. Éléonore râle parfois, parce qu'Alex lui pique ses fringues et ses tics de langage. Alexandra a envie d'être aimée, elle ne fait jamais une blague sans fixer le visage de ses interlocuteurs, attentive à leur réaction.

Elle s'invente parfois une vie, elle dit « Simon sera content de me voir » parce que ça la rassure d'imaginer que Simon sera content de la voir. Peut-être que Simon s'en fout, mais elle y croit.

Alors elle se joint à nous et se sert un verre. Et des Curly. Et nous demande de quoi on parle.

« Ça va, tu fais comme chez toi », balance Léo.

Alexandra nous raconte sa journée de boulot. Sa patronne l'a félicitée, elle attend qu'on la félicite également. On la connaît alors on lui dit que « c'est super ». Puis Léo se lance et annonce à sa coloc son départ. Le visage d'Alexandra passe du rose au gris. Elle murmure un léger « oh non » avec la voix d'une petite fille.

« C'est pour ça que tu ne veux pas qu'on rachète un canapé ? Mais moi, il va bien falloir que je m'asseye ? »

84 mois

Au mois de février, impossible de trouver des fraises sur les étalages. J'ai le choix entre des oranges, des courgettes et des clémentines. Mais aujourd'hui, je veux des fraises.

Pour satisfaire cette envie, j'opte pour de la confiture et des yaourts avec des morceaux. Mes yeux qui grossissent face au pack de douze – pour une fois que ce ne sont pas des bières – et ma langue soumise à ce futur délice m'annoncent qu'Arnaud a peut-être planté ce qu'il fallait là où il fallait.

Une fois chez moi, j'engloutis le pot de confiture puis enchaîne sur les yaourts, avec les doigts et une cuillère à soupe pour choper les morceaux. Je saisis mes seins, mes seins ronds, le bout des doigts laiteux, et je les trouve gros. Peut-être plus gros que d'habitude. Je souris toute seule devant la glace.

Rassasiée, je sens mon bas du ventre lourd. Je m'allonge dans mon lit, les deux mains sur mon utérus.

Hello, toi.

Et je m'endors comme un bébé.

*

Je mange un nem aux côtés de Nicolas, chez lui. On a été les chercher chez son traiteur préféré. C'est supposé être au poulet. Je ne sens pas le poulet et j'ai envie de dégueuler.

— J'ai des symptômes de grossesse, Nico. Je te jure.

— Comment ça ?

— J'ai des nausées, des envies de fraises et des gros seins. Non, mais regarde mes seins !

Il n'ose pas regarder.

— Ben, fais un test ! T'as rencontré quelqu'un ?

— J'ai couché avec le type que je vois souvent, Arnaud.

— Tu veux le faire maintenant ?

— Je ne sais pas.

J'hésite. La nouvelle est tellement bonne que j'ai envie de la savourer, d'éloigner le verdict.

— En plus, j'ai un jour de retard dans mes règles.

— Fais un test alors, Jeanne.

Je n'avais pas osé parler de ce petit retard de règles. À personne. Même pas à Éléonore. Ce maigre retard, un jour à peine, quelques heures, une poignée de temps aussi ridicule que prometteuse. Il est mon espoir, il est tout coloré, il est joli, il sent bon, il me projette.

— Bon, je vais faire un test. Tu restes derrière la porte.

— Oui, bien sûr.

Il me suit vers sa salle de bains quand je me lève. Je déballe le plastique : j'ai peur, comme toujours mais comme rarement, parce que ce soir c'est pire, ce soir je suis sûre d'être enceinte, ce soir c'est le grand soir et Nicolas est là, derrière la porte.

Mon pipi ne veut pas sortir, je n'arrive absolument pas à pisser. Je fixe son déodorant Nivea et la crème qui va avec. « Pour une peau nette et douce après le rasage. » Ce soir, tout change, le décor est masculin, un homme m'attend derrière la porte, ça ressemble à l'époque Julian, ça ressemble à un projet en duo mais c'est bien un projet toute seule. Nicolas n'est pas mon mec, Nicolas ne m'a pas fait l'amour, j'ai de l'huile à nems sur les doigts, tout est gras, tout est bizarre, mon périnée est contracté comme tous mes muscles, je suis tendue parce que j'ai peur, j'appréhende. Mon corps entier est lourd, crispé.

Dans un silence de sourd, mon urine jaillit et je fais un gros pipi qui écrase l'eau au fond des toilettes. Ça résonne. Tout l'immeuble de Nicolas est au courant, la concierge, tous ses voisins, toute la ville. Je place le bitoniau avec adresse et compte jusqu'à dix. Ce test recommande d'attendre dix secondes. De l'autre côté de la porte, aucun bruit. Nicolas ne respire peut-être plus.

— T'es toujours là ? je demande.

— Non, non, je suis aux puces de Saint-Ouen actuellement. Ça va ?

— Oui, ça va.

Les dix secondes sont passées. Je remets le capuchon sur le test et le pose en équilibre sur le rouleau de papier toilette. Je remonte ma culotte et mon pantalon. J'ai du mal à le fermer. Et je surveille. Calmement. Une main sur le ventre. Je vais savoir, enfin. Je ferme les yeux, les ouvre, les referme, les rouvre, j'hésite à regarder, je repousse l'échéance, je veux savoir, je n'ai que cinq minutes. Après, la lecture n'est plus valide, paraît-il. Je chancelle, de la tête aux pieds, de Julian à Boris, de Jim à Arnaud, d'Alice à Éléonore, de Nicolas à son traiteur.

— T'es enceinte Julie ?

— Moi, c'est Jeanne.

*

Une barre s'affiche. La grognasse. La barre du non. J'ouvre violemment la porte de la salle de bains et me précipite sous la lampe halogène pour mettre le test en lumière. Je prends Nicolas à témoin : t'es certain qu'une seconde barre ne se décide pas ? Même légère, même discrète, même timide ? Il dit que non, il est formel.

Je ressors la notice, je ressors toujours la notice, des fois que les laboratoires aient changé les plans. Les gars, j'ai une idée, désormais une barre signifiera positif. On va mettre du suspense dans la vie des femmes.

Que dalle. Rien ne joue en ma faveur. Je pourrais être triste mais non. J'ai juste fait le test trop tôt. Mon taux d'hormones HCG doit être trop faible pour que ma grossesse soit détectée. On verra dans une semaine ou plusieurs.

— Tu vas voir, ça sera positif. Je suis enceinte mais je me suis précipitée. Je l'ai fait trop tôt, le test. Il faut attendre plus de dix jours pour que le résultat soit significatif, là ça fait seulement dix jours, c'est trop juste, même si j'ai un peu de retard.

— Ah bah ça va alors.

Je finis mon nem au poulet et j'y crois. Je suis enceinte, j'en suis certaine. Ma vie avance. C'est le grand saut, l'heure de la bonne nouvelle approche. Bientôt nous serons deux. Tu seras belle, Augustine. Même sans papa, sans connaître son prénom, sans bras poilus pour te bercer. Tu me regarderas avec des grands yeux, chaque jour. À la fête des mères, j'enfilerai des colliers de nouilles et les porterai sans douter de mon sens de la mode.

Je regarde Nicolas et je ne dis mot. Nicolas me rappelle mon enfance, cette petite fille que j'étais, pleine d'espoir, certaine que le voyage serait paisible. Nicolas a toujours été là, quand j'ai levé les bras après ma première compétition de gymnastique, quand j'ai eu mon baccalauréat, quand j'ai fêté mon premier boulot. Et aujourd'hui, c'est toujours lui qui est présent quand je lève ce test de grossesse vers le ciel. Je le remercie et je file rencontrer la douce nuit qui m'attend. Je le regarde, souriante. Ses yeux s'écarquillent, il ne comprend rien mais c'est normal.

Je vais bien dormir, enfin.

*

Le lendemain, je passe en coup de vent chez Alice et Alfred après le boulot. Ils organisent leurs trente-quatre ans dans quatre mois. Dès que j'arrive, Alice sort son cahier spécial organisation. Déjà dix pages sont remplies. « Tu comprends, plus tu t'y prends tôt, plus c'est parfait, il n'y a pas de secret. » Alban dort, je ne peux m'empêcher d'aller le voir dans son berceau.

Avant de me lister les invités – elle y tient – elle me demande où j'en suis. Je réponds d'un « je ne sais plus trop » qui veut tout et rien dire pour éviter de polémiquer.

— Tu sais, plus j'y pense, plus je comprends ton désir de maternité mais plus je trouve ça égoïste, en fait. Tu parles de ton envie, mais l'enfant n'aura rien demandé.

— Pourquoi faire un enfant à deux ne serait pas égoïste ? Le gamin n'a rien demandé non plus, il atterrit dans le même monde, il rencontre les mêmes merdes.

— Mais il n'a pas demandé à ne pas avoir de père.

— Et ceux qui ont un père de merde, ils l'ont demandé, tu crois ? Eh oui, c'est peut-être de l'égoïsme. Mais en couple aussi, il y a de l'égoïsme. Le désir d'enfant se confond parfois avec l'envie de prouver que le couple fonctionne. On fait ça parce que c'est la suite logique d'une histoire d'amour bien bâtie et on brandit le môme comme preuve qu'on tient la route.

— Mais toi aussi, tu fais ça parce que c'est une suite logique, parce que t'as trente-trois ans. Tu es deux fois plus égoïste.

— Donc, tu reconnais que t'as fait un bébé parce que c'était logique. Alors être égoïste une fois ou deux fois, ça reste de l'égoïsme.

— Non.

— Si. De toute façon, j'ai rencontré quelqu'un.

Je ne trouve que ça pour changer de sujet et freiner ma colère.

— Hein ? Qui ça ? Comment ça ?

— Il s'appelle Boris. C'est le frère de Léo.

Je mens comme j'ovule tous les vingt-huit. C'est le premier prénom qui me vient. Le sourire d'Alice se dissipe légèrement. Tout ce qui touche à Éléonore la rebute. Je dresse un portrait de Boris plus que convenable. Un type bien, très organisé, qui prévoit en janvier ses vacances du mois d'août et qui ne laisse jamais la vaisselle au lendemain matin. Son visage reprend des couleurs. Je lui dis ce qu'elle veut entendre. Elle me prend dans ses bras et me demande pardon. Ça faisait une éternité, il faut dire que pendant neuf mois elle était obligée de me prendre en cuillère.

J'espère que je n'ai aucune contraction.

— Et tu feras un bébé avec lui ?

— On verra.

— Tu as toujours envie ?

— On verra.

— Alors pourquoi tout ce débat ?

— Tu l'as lancé.

Elle ouvre alors son carnet.

— Aglaé, Alban, Alfred, Alice, Arthur, Aurélie, Bastien, Catherine, Chloé, Claire, Élise, Émilie, Étienne, Florent, Florent deux, JF, Jeanne, Jim, Johan, Julian,

Julie, Louis, Ludovic, Maylis, Michael, Naïma, Nicolas, Patrick, Quentin, Romain le frère d'Arthur, Rosalie, Solal, Thibaut, Valentine, Vincent, voilà.

— Mais tu ne les as quand même pas mis par ordre alphabétique ?

— Et donc j'ajoute Boris… B… B… Après Bastien.

*

Alice pense que tu n'as rien demandé. Tu prends tellement vie en moi que je suis persuadée que tu m'attends autant que je t'attends. Tu me réclames, je t'entends déjà. On cassera la gueule à tous les égoïstes, les vrais, ceux qui n'agissent que pour leur petit confort et oublient celui des autres.

*

Arnaud me raconte sa journée, les clients chiants qui parlent beaucoup, qu'il faut rassurer sans répit. Je lui raconte la mienne : ses clients sont mes clients, ils ont peur d'une angine et de monter dans le mauvais train.

Il me touche les cheveux, les détache et m'embrasse. Il regarde mes seins, il doit les trouver gros. C'est vrai que tu les fais pousser. Le test d'hier était faux, j'en suis aussi certaine que mon décolleté est un balcon bondé.

Je n'ai pas envie de faire l'amour. J'ai peur de t'abîmer. Toi, bien au chaud, qui trouves ta place et essaies de t'asseoir confortablement, toi qui as prévu de passer ici neuf mois, il serait dommage que tu sois dérangée, que mon corps haletant te prive d'air, que tu te décroches sous mes pirouettes. Et que les mots d'Arnaud te fassent croire que tu as un papa.

J'ai même refusé d'aller courir avec Nicolas, des fois que tu tombes.

Arnaud ne comprend pas ma réticence, je lui dis que je ne suis pas d'humeur. Il allume alors la télé, je m'endors sur le canapé, un coussin contre le ventre pour que ton nid soit douillet et que tu ne t'échappes pas.

*

Félix passe chez moi. Il me rapporte des baskets pour nos futurs footings.

— T'es fou ! Super cadeau.

Je les essaie et saute sur place.

— Elles rebondissent, t'as vu ? me dit-il.

— Comme mon cul.

Je lui sers une bière, je prends de l'eau.

— Ah, ça y est, t'es enceinte.

— Je crois.

— Non, t'es sérieuse ?

— Peut-être bien.

Je saute sur place, à nouveau. Ces chaussures me permettent de sauter de joie encore plus haut. Il m'offre un sourire de géant et me dit que je n'ai pas traîné. J'omets de lui raconter l'épisode du test à une barre.

— Au fait, ta copine Éléonore, je la revois quand ?

— Tu veux passer d'une petite brune à une grande rousse ?

Je lui promets d'inviter Léo à notre prochain jogging.

*

Dimanche matin, nous sommes cinq près du lac Daumesnil. Nico, Félix, Alfred, Léo et moi. Léo a accepté de venir pour Félix. Mais au bout de cinq cents mètres, elle gémit, elle qui n'a jamais couru de sa vie : mais quelle bêtise, j'ai l'air d'une conne.

Je me mets derrière elle et la pousse.

— Allez, respire, et Félix sera très content de venir te donner des conseils.

— Non, mais moi, je voulais l'inverse. Je préfère booster les gens, je n'aime pas la position du faible.

— Mais tu n'es pas dans la position du faible. Et si ça peut te rassurer, tu boosteras Félix dans d'autres domaines.

— Genre quoi ?

— L'hygiène.

— Merci du cadeau.

— Bouge.

Après deux kilomètres, Léo traîne derrière le troupeau. Félix la rejoint et, très vite, ils se mettent à marcher. Je continue la course avec Alfred et Nico, qui discutent de l'anniversaire. Nicolas essaie de façon très peu discrète de savoir ce qui leur ferait plaisir comme cadeau.

— Vous avez déjà été en Grèce ?
— Non.

Plus tard, Nicolas envoie un mail à tous les invités en disant qu'il a une idée géniale : un voyage en Grèce. Plus tard, j'apprends que Léo et Félix se sont roulé une pelle dans des buissons comme deux adolescents.

*

Je suis enceinte, Éléonore va partir, je mens à Alice, ma mère m'envoie des messages tous les trois jours pour me demander : « Alors, c'est quoi cette histoire ? T'en es où ? » et je viens d'apercevoir Julian sur le quai. Le monde tourne étrangement.

Le spectacle dans mon ventre doit être joli, j'imagine que défile sous mes yeux une cassette vidéo à l'ancienne racontant les magies de la fécondation et le développement du bébé. Une voix lente et rauque décrit le phénomène, il fait noir, les schémas sont précis, le corps humain étonnant, l'embryon si minuscule.

L'intérieur de mon utérus est un reportage sur le miracle de la vie.

Je me touche le ventre, à l'abri des passagers qui s'empressent sur le quai.

Une vieille dame aux airs de Françoise Dolto traîne une valise bruyante derrière elle. Elle s'arrête près de moi, me sourit, regarde ma main sur mon ventre et me demande si ce train va bien à Auxerre. Je réponds par l'affirmative, elle dit alors :

— Félicitations.

— Merci, mais ce n'est pas moi qui conduis le train.

— Pour le bébé, félicitations pour le bébé.

Je la remercie, je la remercie d'avoir deviné que mon ventre sans relief abritait un petit quelqu'un. Tu prends vie dans ce dialogue, aussi bref soit-il.

J'aperçois Éléonore qui me rejoint. Elle sait qu'aujourd'hui, on va faire un test. Qu'il faut que je vérifie depuis le test chez Nicolas. Elle est impatiente :

— Tu l'as ? Tu l'as ? Et sinon, Félix m'a proposé de retourner courir.

— Tu vas finir par aimer ça.

— Jamais.

Nous montons dans le train et effectuons le contrôle. Je la préviens que j'ai aperçu Julian, sauf que c'est moi qui tombe sur lui. Il dort à moitié contre la fenêtre du train. Je le secoue légèrement. Son visage s'illumine quand il me voit : « Je savais bien que je finirais par te croiser ici. Tiens, mon billet. » Je lui souhaite un bon voyage, interdiction formelle de discuter davantage avec lui sur mon lieu de travail.

Je m'empresse de retrouver Éléonore qui m'attend dans le couloir en pianotant sur son téléphone.

— Je n'ai pas vu Julian, et toi ?

— Je l'ai vu, il dormait et je l'ai réveillé.

— Quel loir.

Fidèle à mon rituel, je déballe le test. J'ai mille pensées qui se bousculent. Je suis face au feu d'artifice que j'attends maintenant depuis cinq mois. Je m'assieds en équilibre sur les toilettes et fais tranquillement pipi. Je ne me reconnais pas dans le miroir. Un nouveau visage. Le visage de la maman que je veux être, celui de ta maman. Je n'ai pas l'ombre d'un soupçon. Nous sommes le 28 février.

Pour lire le résultat, Éléonore entre dans les toilettes. Nous sommes serrées comme deux sardines.

— T'es sûre que tu ne veux pas être seule ?

— Sûre.

Je tends même le test à Éléonore, j'ai envie qu'elle m'annonce le verdict, je suis incapable de lire, je vais lire de travers, je ne vais rien comprendre.

— Attends, c'est plein de pisse, ton truc, donne-moi du papier toilette.

— A pu.

— Hein ?

— Il n'y en a plus.

— T'es sonnée, toi.

Éléonore est mal à l'aise. Je sens qu'elle n'a pas envie de porter la nouvelle, et pourtant elle le fait pour moi, du bout des doigts. Ses yeux se rapprochent du test, hésitent, alors elle éloigne le bâtonnet qu'elle place sous un néon. Pendant ce temps, mes mains cachent mes yeux.

Ce sont mes oreilles que j'aurais dû boucher.

*

Je n'arrive pas à croire que je ne suis pas enceinte.

« Je vais refaire un test demain matin, avec mes premières urines. »

Léo se tait. Puis elle dit :

— Trois petits points.

— Quoi, trois petits points ?

— Je ne sais pas quoi te dire. Refais un test si tu veux. On rentre ensemble ? Je vais chez Félix.

Elle a l'air de décrocher. Je crois que je l'envahis avec mes plans, mes tracas, mes questions.

Le lendemain matin, lorsque mon réveil sonne vers cinq heures et que j'en ai dormi deux, je bondis du lit, j'attrape le test que j'ai laissé sur la table de nuit en priant silencieusement – moi qui n'ai pourtant jamais cru en un ciel – et je le fixe, je le menace, il a intérêt à me dire la vérité, toute la vérité, j'en ai marre de leurs salades à tous ces tests, parce que là je sens que je suis enceinte, je le sais, ça ne se discute pas, ce genre de truc. Je suis à trois minutes du miracle et de l'autre côté du mur, chez Félix, j'entends un cri de plaisir.

Le test est négatif.

C'est la voix d'Éléonore.

Ils sont matinaux.

Vertige.

*

Je tombe de haut, Augustine. Je me revois sauter avec mes nouvelles baskets devant Félix, heureuse de te savoir là. Je me revois bondir, me toucher le ventre et sourire. Je me revois rêver de toi, ton visage ressemblant à celui d'Alban, mais ses traits changent pour qu'une image de toi naisse en moi.

Qu'est-ce qui fait que je ne tombe pas enceinte, pourquoi ça ne marche pas ? Si ça se trouve, Arnaud ne peut pas faire d'enfant, ce ne serait pas de pot, il faut peut-être que je lui dise. Une éjaculation comporte jusqu'à deux cents millions de spermatozoïdes, peut-être que chez lui, c'est un seul spermatozoïde et que le type n'a pas trop le sens de l'orientation.

Je tremble, Éléonore essaie de me consoler, je ne fais que pleurer depuis qu'on s'est retrouvées sur le palier à l'aube. Je lui dis que c'est « l'enfer », je suis lasse, fatiguée, c'est toujours la même histoire : faire l'amour et espérer, y croire et vouloir, attendre et rêver, douter mais tenir, pisser mais flancher.

Le voyage à Auxerre est triste. On ne se dit plus grand-chose, Éléonore est « désolée » parce qu'elle ne sait plus quoi faire, quoi dire, quoi penser. Il pleut dehors. On ne voit pas le paysage, les vitres sont tachetées de gouttes, le temps est gris, je suis grise, je n'y crois plus, je finirai sans toi, vieille et sans toi, je porterai toute ma vie le regret de ne pas avoir eu d'enfants, je me dirai que ce n'était pas faute d'avoir essayé, ça sera encore pire que de ne pas avoir tenté. Je me sens lourde, de tout sauf de toi, lourde de tristesse, ce boulet est accroché à mes pieds, il faudra le traîner jusqu'à mon dernier souffle, le traîner à tous les mariages et dans toutes les maternités, le traîner devant les enfants des autres, les trouver beaux, le penser si fort que j'en deviendrai moche, des rides couvriront mon visage, personne n'osera me demander si ça va, tout le monde saura que ça ne va pas, tout le monde se dira : « La pauvre Jeanne, elle ne s'est jamais remise, même les cliniques les plus réputées du monde n'ont pas réussi à l'encloquer, puis de toute façon, elle n'avait pas le temps de faire mille tentatives. » Mes sanglots n'en finissent plus. En plus d'avoir de la peine, je me fais de la peine. Éléonore me répète qu'elle a mis cinq ans à réussir à tracer une esperluette, alors cinq mois à essayer de faire un bébé, c'est rien. J'ai pourtant l'impression que ça fait dix ans.

Henri qui nous interrompt me voit pleurer : bah alors, Jeanne, que vous arrive-t-il ? Léo lui répond que je pleure pour moins pisser. Ça a l'air de rassurer Henri.

Peut-être que je ne pisserai plus jamais et m'éviterai ainsi tout maudit verdict.

*

Sur le chemin, en rentrant du boulot, je sèche mes larmes et passe un coup de fil à Cohen.

— C'est au sujet de Douglas.

— De quoi parlez-vous ?

— De Douglas, le type des comptes rendus.

— Le cul-de-sac de Douglas ?

— Oui, lui.

— Eh bien ?

— Vous êtes sûr qu'il va bien ?

— Vous êtes sûre que vous allez bien, Mlle Marmouset ? Vous vous posez trop de questions. On se reverra dans quelques mois, si vous voulez.

— Vous pouvez vérifier dans votre ordinateur ?

Il vérifie.

« Aux dernières nouvelles, tout va bien. Vous allez bien. Détendez-vous, partez aux Maldives. »

En raccrochant, je scrute tous les troncs d'arbres autour de moi. Aucun billet d'avion n'y pend.

Avec tout le respect que je lui dois, à Douglas, j'aurais préféré qu'il se porte mal. Un Douglas à l'agonie, un Douglas plein de poussières indomptables, un Douglas fautif de mes échecs. J'aurais préféré que mon utérus soit laid, mes ovaires sales et fétides. J'aurais préféré que Cohen trouve un dysfonctionnement dans mon petit corps en relisant le dossier, qu'il pointe du doigt un gros problème, me colle quinze examens et m'annonce que « tout s'explique ». J'aurais même été prête à entendre que je ne suis pas baisable. Mais non. Rien ne m'empêche de tomber enceinte. C'est trop lisse. Je me sens comme une phobique de l'abandon qui aurait aimé voir ses parents divorcer pour mieux comprendre son angoisse incessante d'être quittée.

*

Dans la foulée, je décide alors d'appeler ma mère. J'ai besoin de parler, j'ai besoin d'entendre dans la bouche de celle qui m'a mise au monde que ça va aller et que tout ira toujours. Elle s'étonne de m'entendre et m'accueille d'un : « Mais qu'est-ce qui t'amène ? Tu ne fais plus la gueule ? »

Je ne l'appelle jamais, je sais à quel mur je me heurte. Pourtant, ce soir, j'ai bon espoir. J'ai espoir que nos relations changent et que ma voix triste réveille son instinct maternel.

Alors je lui dis : « Un petit moral. »

Je ne rentre pas dans les détails.

« Bah alors, ma pauvre Jeanne, à ton âge, un petit moral, qu'est-ce que ça veut dire ? Moi, à trente ans – enfin, t'as quel âge déjà, trente ans et des poussières ? – bah moi, ça allait toujours. Tu sais, aujourd'hui, c'est plus dur. Au boulot, ils m'emmerdent tous. Tu ne sais pas quel coup bas m'a fait Véronique ? Elle a osé dire au patron que j'avais posé un arrêt maladie pour prendre des vacances, que mon histoire de migraine, c'était du n'importe quoi. Ça me rend folle, et ton père ne comprend rien. Devine ce qu'en dit ton père ? Que je passe mon temps à jouer la comédie. Moi, jouer la comédie ? Tu vois les emmerdes, à mon âge ? Tu vieillis et on croit que tu perds la boule. Ils vont voir ma boule, eux tous. Ah, je te jure, parfois j'ai envie de me casser loin d'ici, d'aller respirer le grand… »

Je raccroche. Je m'en fous. J'appelle mon père pour discuter un peu. Et c'est quand mon téléphone affiche « papa » que je me dis que je n'ai peut-être pas le droit de te faire ça. De ne pas t'offrir de papa quand tu auras besoin de parler.

*

Mon père m'a encouragée au téléphone. Et plus il m'a encouragée, plus j'ai pensé au vide que tu ressentiras si tu n'as pas de papa pour te remonter le moral. J'étais partagée entre l'envie de continuer et celle de faire demi-tour.

Je ne sais plus si je dois venir te chercher. Tu m'attends quelque part et moi, mère indigne, j'hésite à aller te récupérer. Je t'imagine debout devant l'école, ton cartable qui pèse trop lourd, la nuit qui tombe, tes pieds qui sautent sur les lignes blanches du parking, et ta mère qui n'arrive pas. La maîtresse te demande de rentrer dans la classe avec elle. On va appeler ta maman. Elle a dû avoir un empêchement « à son travail ».

Si ce n'était qu'un empêchement « à mon travail ».

Mais je doute, je doute terriblement de mon choix. Peut-être que je t'ai déjà trop promis. J'ai l'impression d'être un sale type au début d'une histoire, de ceux qui te font miroiter la lune et te laissent alors face au timbre d'un répondeur.

*

Je ne sais pas où tu es. Je me lève, je prends un café, je dois aller bosser et je n'en ai pas envie.

Au travail, je passe une journée banale. Contrôler des billets, discuter avec Éléonore et Henri. À Auxerre, on papote un peu avec le graisseur, il demande comment ça va « à la capitale » et l'heure du retour sonne déjà.

Tu n'es plus là, et je n'ai plus tellement envie que tu sois là. Le risque de te faire souffrir est trop grand, ton papa va te manquer. Je suis tentée d'appeler Alice, de lui faire part de mes doutes, non pas pour la soulager, plutôt pour qu'elle continue d'insister dans ce sens afin que ma prise de conscience aille jusqu'au bout. Ainsi, on serait toutes les deux libres, Augustine. Tu as sûrement envie d'être tranquille et moi je ne te cache pas que je ne suis pas très bien, c'est difficile, je n'ai pas envie de revivre ce qui vient de se passer. Croire en toi et puis tomber.

Si on se sépare, on sera peut-être mieux, comme un couple qui a fait le tour de son histoire et reconnaît que s'arrêter là est « mieux pour tout le monde ».

Je te vois ailleurs, sortir d'un autre ventre avec de drôles de souvenirs en tête, de cette dame qui te parlait mais n'est pas celle qui te donne le sein. Tu ne reconnaîtras pas la voix de ta maman mais j'espère que tu t'y habitueras vite.

J'ai peut-être de la chance de ne jamais t'avoir entendue.

*

Alexandra non plus n'entendra jamais son petit bébé. Parce qu'elle n'en a pas envie. Éléonore m'a dit après le contrôle des billets que sa colocataire allait avorter. Elle était un peu gênée, parce qu'elle sait bien l'effet que ça peut me faire, ces bébés dont on ne veut pas.

Je respecte le choix d'Alexandra, tous les choix de toutes les Alexandra, c'est bon d'avoir le choix. Mais je me dis que le monde est mal fait. Il y a toutes celles qui cherchent à tomber enceintes et toutes celles qui cherchent à ne plus l'être. En principe, on a le choix d'avorter, le choix de tomber enceinte ou non grâce aux contraceptifs, et moi j'ai l'impression de ne pas avoir le choix. On choisit pour moi, on décide qu'après tant d'efforts et tant d'espoirs, je ne dois pas avoir de petit. On m'impose de ne pas être enceinte, de ne pas y parvenir. Mais qui décide ? Qui choisit ? Qui décrète que moi, Jeanne, je ne peux pas avoir de bébé ?

Simon devait être content de la voir.

Elle pourrait le garder.

Elle pourrait me le donner.

*

Je vois des femmes enceintes partout, tout le temps. Elles font partie de mon décor. De mes rêves et de mon décor. Des gros ventres au supermarché, des gros ventres au cinéma, des gros ventres dans les parcs, des gros ventres au restaurant qui carburent à l'eau plate. Depuis que je sais qu'Alexandra va avorter, je vois des ventres plats partout, je regarde le ventre de chaque femme, je me demande si une petite graine est là, une petite graine qui restera ou ne restera pas. J'ai l'impression que tous les ventres sont pleins, qu'ils s'appellent « heureux événement », « dilemme » ou « j'avorte dans une semaine ». Tous ces ventres ont le choix. J'ai l'impression que le mien ne l'aura jamais. C'est dommage, il saurait choisir, et plus fermement qu'entre une pizza quatre fromages ou une pizza savoyarde.

J'aimerais que mon corps fonde, que tous les corps fondent, que porter la vie ne soit qu'un gros malentendu, que la grossesse n'existe pas, que les ventres n'aient aucun défi, rien à porter, j'aimerais que les enfants s'achètent ou se commandent, se dessinent ou se cultivent. Dans les choux, les roses, au fond d'un immense jardin. J'aimerais que les cigognes existent et que les naissances ne dépendent plus jamais d'aucun utérus ; et si possible, qu'elles ne dépendent plus jamais d'aucun papa.

*

Félix m'écoute oreilles tendues et me réconforte bras ouverts. Il me demande de ne pas être triste. Un peu comme si on avait signé un pacte de joie, tous les deux. Alors pour lui, je souris.

— Mais enfin, Jeanne ! Il faut du temps pour tomber enceinte. Tu ne vas pas pleurer alors que ça ne fait que cinq mois que tu essaies d'avoir un bébé.

— Oui, ça, je le sais. Ce qui me rend triste, c'est simplement d'y avoir cru. J'ai presque l'impression de faire le deuil de mon bébé.

— Mais n'importe quoi. Pas de deuil là-dedans. Bon, aide-moi, je dois déplacer mes meubles.

— Pourquoi ?

— Léo trouve que je n'exploite pas assez le potentiel de mon appartement.

— Ça ne m'étonne pas de Léo.

Nous nous plantons immobiles à l'entrée de son appartement pour avoir une vue d'ensemble.

— Je peux mettre le canapé là-bas.

— Ou là-bas.

— Alors le petit meuble en bois clair là-bas.

— Mais avec la fenêtre, c'est chiant.

— Alors non, le canapé comme j'ai dit.

Nos doigts s'agitent, nous faisons quinze plans différents. Une fois décidés, nous opérons. Nous roulons le tapis, nous traînons des meubles au sol, nous niquons le parquet sur trois centimètres, nous débranchons tous les câbles de la télé, nous jetons dans la chambre toutes les affaires de sport qui gisent dans le salon, nous sortons l'aspirateur, il le passe tandis que j'empile des livres dans un coin, nous secouons les coussins par la fenêtre, nous mettons de la musique, nous remplissons un sac-poubelle de trente litres. Un vrai ménage de printemps. Félix ne cesse de passer ses mains dans ses cheveux en disant que merde, c'est dégueulasse, il est plein de poussière.

Nous finissons en nage, plutôt satisfaits du résultat.

— Et tu changes tes draps, un jour ?

— Tu me prêtes ta machine ?

*

Le lendemain matin, dans un froid de canard, Nicolas et moi allons courir. Léo et Félix avaient mieux à faire, ce dimanche. Les draps de Félix doivent sentir très bon le savon de Marseille. Au bout de trois kilomètres, nous abandonnons, Nico dit qu'il respire mal.

Des enfants emmitouflés jusqu'au cou jouent au ballon. Certaines écharpes se déroulent, tombent au sol. Des cris fusent, des « maman regarde, regarde maman ». Nous frottons nos mains, nous essayons de nous réchauffer en traversant leur terrain de jeu. Une petite fille glisse sous son manteau le ballon bleu nuit sur lequel est dessinée une série d'étoiles. Elle rigole toute seule et dit à ses petits camarades : vous ne savez plus où est le ballon.

Je sais où il est, moi.

Maligne.

J'ai joué des dizaines de fois à ce jeu, avec des oreillers et des ballons de baudruche. Tu prenais forme certains soirs, tu perdais des plumes, tu prenais des couleurs et parfois tu explosais. Ça fait déjà une semaine que tu as explosé.

*

Sous la douche, en rentrant, je pense à toi, je me claque le ventre, je le claque parce que je lui en veux de ne pas grossir, je le claque si fort que j'en garde des traces. Il est tout bleu, l'intérieur doit être tout cabossé. Toi qui ne te décides pas à venir, toi qui ne viendras pas, regarde un peu comme je ne t'attends plus, comme il n'y a plus de place, plus l'ombre d'un confort, j'ai fait péter le toit, j'ai retiré le double vitrage, il caille et il fait noir.

Tout ça, ça devient presque ta faute. Ce n'est pas la faute d'Arnaud, de tous ces types, même pas celle de mon pauvre système génital qui se bat chaque jour, c'est peut-être juste ta faute, c'est toi qui ne veux pas venir, c'est toi qui traînes des pieds et préfères voguer dans d'autres paysages que le mien. J'aimerais bien savoir ce qui te repousse à ce point. Est-ce que je t'en demande trop, te supplie trop, ai-je vraiment l'air d'une mère chiante, couveuse, envahissante ? Tu as sûrement raison, je le suis, tu seras plus heureuse ailleurs, dans une grande maison, une immense maison, avec dix pièces, deux chiens et un papa, avec un jardin où courir, faire la roue et imiter tes chanteuses préférées. Tu sais quoi ? Reste où tu es, moi j'ai fait ce que j'avais à faire, j'ai déjà assez donné, Augustine.

Une heure plus tard, complètement à côté de mes pompes, je pars dans un fou rire incontrôlable en réalisant que c'est la première fois que je t'engueule et que tu te prends une claque.

Je suis désolée. Plus je te fais du mal, plus j'ai envie de te voir. Plus je m'éloigne de toi, plus tu me manques. Alors je me caresse le ventre, j'ai envie que tu sois là. De brosser tes longs cheveux, de mettre une photo de toi en fond d'écran sur mon ordinateur, de n'avoir que ton prénom à la bouche et une admiration incommensurable pour tes premiers pas.

Je sais, je change d'avis sans arrêt, je ne sais plus tellement où j'en suis. Tu excuseras mon français, mais plus rien n'a de sens depuis que tu n'es toujours pas là.

*

« Bon, pour le menu, j'ai prévu un gaspacho de crevettes au piment d'Espelette en entrée, ensuite un gratin dauphinois avec du poulet – ça se fait bien ça – et pour le dessert, on ne sait pas encore. Je cherche un bon pâtissier, j'ai trois devis sous la main, je n'arrive pas à me décider et Alfred n'a pas d'avis. Il dit que quoi qu'il choisisse, il va se tromper et que par principe, je ne serai pas d'accord avec lui. Je ne comprends pas. »

Et tout ça sans reprendre son souffle.

— Tu aimes bien décider, c'est pour ça.

— Oui, bon, c'est vrai, j'adore décider. Tiens, je te montre, dis-moi ce que tu en penses.

Je lis tranquillement ses trois devis à cent balles le dessert. Je n'arrive pas à me concentrer.

— Ce sont sensiblement les mêmes.

— Oui, on veut du chocolat.

— Qu'est-ce qui t'empêche de décider ?

— La ganache.

— Ah.

— On va aussi aller tester un cours de cuisine, un soir. Pour faire des verrines à l'apéro. Tu voudras bien garder Alban ?

— Oui, d'accord, donne-moi la date.

— Pas avant deux ou trois mois. Je te dirai.

Un sentiment de hâte s'installe en moi, je n'attends que d'inscrire le prénom d'Alban dans mon agenda. Alfred nous retrouve dans le salon, Alice se redresse sur le canapé et m'arrache presque les papiers des mains pour montrer qu'elle garde le pouvoir. Alfred me demande si Boris va bien. Je mens très bien, je dis que oui, qu'il est ravi d'être convié à leurs trente-quatre ans.

« Super ! » s'exclame Alice.

Quiconque est ravi la rassure.

Je profite de leur présence à tous les deux pour leur dire que j'ai croisé Julian plusieurs fois dans le train. Vous savez pourquoi il descend souvent à Auxerre ? Ils se regardent, ils disent non en chœur. Leurs non se rencontrent parfaitement et le tout sonne faux. Puisque tout le monde se ment, je vais en rajouter une couche : « Je suis fatiguée, je rentre. » Je mets mon manteau, Alice et Alfred continuent de parler de ce qu'on se mettra dans le bide pour leurs anniversaires, je pense au mien, les larmes aux yeux, une fois de plus, une fois pour rien.

*

À force de prononcer son prénom face à Alice, j'ai envie de voir Boris. Éléonore m'a dit de « remonter à cheval », ça me culpabilise tout de même que le cheval soit son frère. Il me donne rendez-vous à sa boutique le soir même. Et puis je sens que ça va mieux, j'en veux moins aux chevaux de se reproduire en un claquement de sabot.

J'enfile un jean, un pull bleu ciel fin. En tailleur sur mon canapé, je regarde sur Internet comment examiner un vin. Je m'entraîne avec un Orangina.

D'abord le sentir en tenant le verre immobile, puis faire tourner le liquide.

Ensuite, il faut l'examiner « dans la bouche » en l'envoyant au fond de la gorge puis en le faisant revenir à l'avant. Je manque de m'étouffer. L'Orangina me pique le nez, mes yeux pleurent. J'ai le hoquet mais je ne sais pas non plus boire à l'envers pour le faire passer. Ça promet.

Boris me réserve un accueil chaleureux. La boutique vient de fermer, il a disposé sur un tonneau quelques bouteilles déjà débouchées « pour que le vin ait le temps de s'aérer ».

Pendant trente minutes, cours d'œnologie. J'essaie de respirer ses vins, ce sont tous les mêmes selon moi. Au goût, même combat. Mais il continue, il me sort même une brochure, on dirait une soirée avec Arnaud qui m'expose ses villes de nuit. Qu'est-ce qu'ils ont tous ? La prochaine fois, je leur rapporte mes résultats d'échographie pelvienne et je leur montre les quinze photos de mon utérus en leur proposant de jouer au jeu des sept erreurs.

Il me raconte ensuite que Jacqueline a eu le permis. Elle va bientôt venir à Paris. Si ça me dit, je pourrais venir boire un café avec eux tous.

J'accepte, mais j'ai l'impression d'aller trop loin. J'ai envie de son petit-fils, je culpabilise, toujours et encore. Peut-être que grâce à moi elle sera arrière-grand-mère. Peut-être qu'à cause de moi elle ne le saura jamais.

À la fin de la soirée, Boris dépose un baiser sur mes lèvres. Je viens d'ajouter un œuf à mon panier, il ne reste plus qu'à l'ajouter à mon utérus.

Si ma foutue culpabilité veut bien me lâcher.

*

Kilomètre 1

Je confie à Nicolas que, niveau moral, j'ai connu mieux. La grossesse ne prend pas et je culpabilise d'avoir vu Boris la veille. Il m'a embrassée. Je ne veux pas d'une relation, je veux juste un bébé, je sais que je suis coupable. Et puis Éléonore s'en va. Et puis merde.

Kilomètre 2

Alice lui a dit que j'étais avec Boris. Il ne comprend plus rien.

Je lui dis que c'est faux, il ne se passe pas grand-chose avec Boris. J'ai juste voulu faire taire Alice. Avec Boris, ce sera comme avec Arnaud. Sauf qu'Éléonore n'est pas la sœur d'Arnaud, c'est plus facile.

Kilomètre 3

« Il ne manquerait plus qu'Éléonore soit la sœur de tout le monde, tu serais bien emmerdée », dit-il.

Kilomètre 4

Il va emménager chez Julie Gaulois. « On sera un peu à l'étroit mais on s'aime. »

Kilomètre 5

« Lila est mignonne, ça me fait bizarre, Nico. »

Il comprend.

Kilomètre 6

J'ai envie d'arrêter ma course.

Il me dit que ça ne fait que six kilomètres.

« Je parle de ma course à la maternité, Nico. »

On se marre.

Kilomètre 7

« Allez, t'en fais pas, Jeanne, c'est bientôt le printemps. »

83 mois

Sous un soleil de printemps, Nicolas déménage avec une camionnette jaune. Il a peu d'affaires, il aurait même pu déménager en métro, dit-il.

Je suis assise à côté de lui, nous arrivons devant chez Julie. Cette dernière fait de grands signes, un peu nouille. « C'est à force de faire coucou à des ados tarés », la défend Nicolas alors que je n'ai rien dit.

Nous commençons à décharger la voiture. Alfred arrive. Tous les quatre, nous entreprenons des allers-retours du véhicule à l'appartement.

Chez elle, il y a des boîtes de thé partout, des bougies, des magazines féminins, des DVD de dessins animés, des plaids et des coussins colorés. Un cocon géant dans lequel je projette parfaitement Nicolas. De l'amour sur le plan de travail, de l'amour dans des draps en coton, de l'amour dans le savon à mains, de l'amour en traversant le couloir tapissé de photos où personne ne déroge au sourire de rigueur.

J'ai envie de m'installer chez Julie avec eux. On pourrait faire un trouple. La vie y semble paisible.

Peut-être que sous ce toit, on n'a jamais aucun problème. Il existe bien des toits sous lesquels les tests de grossesse sont toujours positifs, tandis que cinq enfants crient déjà dans la salle de jeu. C'est ce que dégage son appartement. En plus petit, en plus jeune. Il sent la famille et je le respire à plein nez.

Je regarde la pile de cartons de Nicolas s'amonceler dans un coin. Je suis heureuse pour lui, un peu dépitée pour moi. En ce moment, j'ai le sentiment que le bonheur des uns fait mon malheur à moi. Nicolas s'installe en couple, Alice est jeune maman. Plus je les vois avancer, plus je me vois faire du sur-place. Ils prennent de la distance, leurs silhouettes se floutent, mes pieds attendent, bien parallèles, ils se tiennent bien droits pour être irréprochables mais plus personne ne les regarde. Je suis comme sur un quai de gare, le train passe et je ne monte pas. J'ai besoin qu'on vienne me voir, qu'on m'apporte une couverture ou un peu de chocolat chaud, qu'on me facilite l'attente pour qu'elle me déchire moins le ventre. Je pourrais encore en avoir besoin.

*

En rentrant, assise dans le métro, je me demande combien de temps je vais t'attendre. Est-ce que tu seras là pour mes trente-quatre ans, est-ce que dans un an mon entourage dira « Jeanne et Augustine vont bien » en parlant de nous, est-ce que j'ai tort ce soir de craindre le temps qui passe et n'arrête jamais de se presser ? Il court plus vite que moi.

En France, les femmes ont leur premier enfant en moyenne à trente ans. J'ai déjà trois ans de retard. Je pense à cette fille de vingt-sept ans qui pourrait être mon pendant statistique. J'ai peur qu'elle ait vingt ans. J'ai peur qu'elle n'existe pas.

*

Quelques jours plus tard, Léo et moi restons à Auxerre pour la soirée. Nous dînons dans une petite brasserie avant de nous rendre à l'hôtel. Éléonore dit qu'elle aimerait connaître « l'inverse » : vivre à Auxerre et dormir à Paris une nuit de temps en temps. Nous commandons deux verres de rouge et deux steaks frites.

Dans ce petit bistro aux nappes vichy, le visage d'Éléonore s'assombrit tandis qu'elle étale du ketchup à foison sur ses frites. Augustine, le hamster, est morte. Il fallait qu'elle me le dise mais elle hésitait, surtout qu'il était plein de bonnes ondes, dixit Julia Lumière.

— Je vais en racheter un, enfin en racheter une.

— Moi, je crois que je vais me faire inséminer. Ça ira plus vite. J'en ai marre de mes tentatives.

— Ah ouais ? Où ça ?

— Je ne sais pas, Belgique ou Espagne. J'ai mis un peu d'argent de côté.

— Tu te rends compte, il y a plus de pays en Europe qui légalisent l'utilisation du cannabis que de pays qui autorisent la procréation assistée pour femme seule.

— Ouais, c'est possible.

— Sinon, je crois que je préfère Augustine Fernandez à Augustine Janssens.

Henri nous rejoint pour le dessert, il a préféré faire une sieste à l'hôtel avant de dîner. Il remercie Léo pour la nuisette qui va très bien à Murielle. Ses formes sont mises en valeur, ça change de son pyjama en pilou. Un peu plus, et il nous raconte que ses érections se portent mieux.

— Je commande un tiramisu, et vous ?

— On n'a plus faim.

De la poudre de cacao se dépose sur les moustaches d'Henri. Éléonore se marre dans son coin. Il nous raconte que sa fille va faire un stage d'équitation à Cluny, en Saône-et-Loire. Ses yeux pétillent. Il dévore son dessert comme s'il n'avait rien avalé depuis trois jours. Il dit que c'est bien d'être là « avec vous, mes poulettes ». Il nous parle de Murielle constamment, des présentations réussies avec sa fille, de la tarte aux poireaux qu'ils ont mangée ce soir-là. Il est heureux, il le répète. Il fait plaisir à voir.

*

À l'hôtel, nous surfons sur Internet. J'arpente les forums « insémination femmes seules ». Soso75 a posté trente lignes pour dire que sa « gygy » n'est pas d'accord. Elle lui conseille de laisser faire « la magie ». « Mais quelle magie ? » s'insurge Soso75. Ce n'est pas magique d'attendre désespérément l'amour. Elle dit que sa mère lui donnait le même conseil quand elle s'est inscrite sur un site de rencontres : « Attends la magie, Solène. » Solène en a marre de la « magie », elle dit qu'elle voit bien qu'on ne vit pas dans « le monde des Bisounours », alors la magie, elle s'en fout, elle va quand même foncer. Elle se demande ce qu'elle dira à l'enfant quand il sera là mais elle évite de trop y penser, sinon elle n'avancera jamais. Les autres internautes lui répondent qu'elle semble courageuse, alors elle doit y aller. Les femmes qui semblent déterminées ont le droit de se lancer, celles qui doutent un peu, moins. On lit des « réfléchis bien ». Et il y a tout un tas de femmes qui interviennent pour faire la leçon. On ne sait pas comment elles sont arrivées là, puisqu'elles n'ont pas ce projet et un mari « grand et fort et responsable et merveilleux, les filles, vous le trouverez aussi ».

« Faut croire qu'Alice s'est inscrite sur le forum », se marre Éléonore.

Je continue ma lecture. Les « gygy » pas d'accord, les « gygy » complètement d'accord, « le mien, il m'a encouragée tout de suite ». Elles échangent des contacts de « gygy » parce que quand on décide de se faire inséminer, il faut le suivi très régulier d'un « gygy » en France, alors « il faut bien s'entendre avec son gygy, les filles ». Soso75 hésite tout de même. Si elle va au Danemark ou en Grande-Bretagne, son enfant aura le droit de demander l'identité de son père à sa majorité. Elle ne sait pas si c'est bien. Ou pas bien.

« Alice va lui répondre. »

Je ris.

— Mais c'est vrai, ça ? demande Léo. Les enfants peuvent savoir à la majorité l'identité du père ?

— Ah merde, je ne sais pas, ça date de 2010, ça a peut-être changé.

— Ah merde, on n'a pas réussi à coincer Alice.

Je montre ensuite à Léo le dossier qu'une clinique bruxelloise me demande de remplir. « Avez-vous déjà eu une relation stable ? » Je dis oui.

« Combien de personnes ont réagi négativement à votre projet ? » Pour l'instant, deux. Mais Alice compte pour dix et Alfred ne compte pas.

« Dis-leur que je suis d'accord, moi », insiste Éléonore.

« Que direz-vous à l'enfant quand il demandera qui est son papa ? »

Un monsieur qui s'est touché en regardant des gros nichons dans une cabine à Bruxelles.

Un monsieur généreux qui voulait aider les dames comme moi.

Un monsieur pauvre qui avait besoin d'argent en donnant son sperme.

Un monsieur à l'ego surdimensionné qui voulait répandre sa trace un peu partout.

Un monsieur marié qui n'avait plus de rapports sexuels avec sa femme.

Un monsieur qui avait suffisamment d'imagination pour éjaculer dans une petite pièce glauque.

Un monsieur très beau, regarde comme tu es belle.

Un Belge.

— Sinon je lui dirai qu'elle est la fille du facteur, non ?

— Tu vas avoir des soucis avec Nicolas.

Nous explosons de rire tandis qu'Éléonore fouille dans le minibar.

— On fête ça à la bière ?

— Ce que tu peux être cliché.

*

De retour à Paris et après un coup de fil en Belgique, j'apprends qu'ils n'ont pas de rendez-vous avant cinq mois. Ce qui arrange mon compte en banque, moins mon désir de grossesse. La clinique que je vise n'a pas assez de stocks de sperme : les donneurs ne sont pas rémunérés. En Espagne, si. J'irai plutôt te chercher à Madrid et on mangera des tapas la veille de notre rencontre. Je prends rendez-vous en Espagne. Un premier rendez-vous « check-up » qui aura lieu mi-mai. Le soir même, le Real Madrid s'impose face au Paris-Saint-Germain.

Je suis si soulagée que je dors douze heures et marque un triplé en me demandant si c'est un signe.

*

« Là, c'est Kuala Lumpur. » « Et là, c'est Singapour, j'y ai fait une escale. T'as vu, c'est magnifique. » Arnaud déballe les photos qu'il a tirées de son voyage. Je m'évade devant ses clichés. Je passe une bonne soirée, c'est vrai que ce mec est très sympa même si ses spermatozoïdes ne semblent pas être des flèches. Je me sens bien chez lui et j'adore me perdre à chaque fois que je vais aux toilettes.

— Et t'as des photos de Madrid ?

— Bien sûr.

Pas peu fier, Arnaud les sort de son précieux tiroir. La Plaza Mayor, grouillant de monde, me donne déjà envie d'y être.

Nous mangeons des toasts au tarama. Arnaud me propose un film. Nous regardons *Everest*, car il rêve d'alpinisme. Je suis parfois obligée de fermer les yeux, terrifiée par le vide et les chutes des uns et des autres. La neige à l'écran éclaire la pièce, j'observe le visage d'Arnaud absorbé par les images. Parfois, ses doigts se serrent, comme s'il craignait de tomber.

Je devrais ovuler dans deux jours. Nous faisons l'amour sous la lumière très blanche de la télévision, à trente minutes de la fin. Parfois, le faisceau de la tour Eiffel éclaire davantage le salon.

On verra bien si Arnaud est plus vigoureux qu'un Espagnol.

82 mois

Alice veut maigrir. La grossesse lui a fait prendre dix kilos. Son idée : aller faire du vélo dans l'eau parce qu'il paraît que ça remue bien la cellulite. Elle n'a jamais couru de sa vie, elle refuse de nous suivre le dimanche matin. Elle me demande de l'accompagner, le regard suppliant qui reluque du même coup ma silhouette, l'air de dire « j'aimerais ton corps ». Moi aussi, j'aimerais son corps, j'aime bien l'histoire que racontent ses dix kilos de trop.

Elle me pince les fesses dans le métro en disant qu'elle adore mon cul et qu'elle aura bientôt le même. Près de la Bastille, nous arrivons toutes les deux avec nos petits sacs. À l'accueil, nous achetons des chaussons spéciaux pour l'aquabike. Alice a déjà son maillot de bain sous ses vêtements.

Le prof porte un slip Spiderman, ça ne peut qu'être bon signe. Il nous invite à pédaler pour nous échauffer. Alice donne tout. En quelques minutes, ses joues rosissent, son souffle s'active, je la surprends même à toucher ses cuisses pendant l'exercice afin de tâter si la graisse bouge bien et se fait laminer au contact de l'eau.

— On va se marier, avec Alfred, dit-elle en se battant avec une pédale.

— QUOI ? C'est comme ça que tu me l'annonces ?

— Oui !

Elle a du mal à parler, concentrée sur son engin. Au bout de trente secondes, elle me demande d'être son témoin. Je rougis mais ça ne se voit pas, je suis déjà écarlate.

— Ce sera juste un petit truc à la mairie. On n'invite pas grand monde. Une signature et un bon restaurant. On n'a même pas prévenu nos parents. On leur fait croire qu'ils viennent pour nos anniversaires.

— Ah ouais ? Surprise ? Et vos amis, vous leur dites ?

— Juste les témoins et quelques proches.

— Vous faites dans l'original. Et c'est quand ?

— Le samedi qui précède notre fête d'anniversaire, du coup. Et à l'anniversaire, on refait la fête.

— C'est votre année, on dirait.

D'une douche à l'autre, après la séance, elle crie que Julian sera le témoin d'Alfred. L'eau s'arrête, j'appuie de nouveau sur le bouton. J'ai froid et quelques frissons dans le dos.

*

Ma mère est chez moi, elle s'est engueulée avec mon père, elle avait besoin de passer une nuit loin de lui, le canapé, c'est bien trop près.

Elle range tout ce qu'elle trouve, il y a trop de magazines au sol, de babioles, de décoration inutile. « C'est pour ça que tu as l'esprit encombré. »

Je l'aide à mettre de l'ordre chez moi, même si j'estime que mon appartement n'en a pas besoin.

On ne partage jamais rien, du coup ça me ferait presque du bien, ma main qui croise la sienne dans un placard.

C'est peut-être notre façon à nous de nous aimer un peu.

« Et ce bébé toute seule ? » demande-t-elle, calmement, un peu plus tard, quand elle décide de faire une pause.

Je lui dis, en toute transparence, que je vais me rendre en Espagne pour un rendez-vous préliminaire afin de me faire inséminer. Elle avale bruyamment sa salive, l'information ne passe pas. « Tu peux peut-être attendre d'avoir un mec avant d'aller là-bas ! Tu vois, on range, peut-être que ça fera rester un type, ça. Ton bordel ferait déguerpir n'importe qui. Ah, ton père m'appelle. » Elle ne décroche pas. Cinq minutes après, il essaie sur mon téléphone.

— Ne lui dis pas ce qu'on fait.

— On ne fait rien, maman.

Je dis à mon père qu'elle est là, que tout va bien. Sa voix chevrote, je crois qu'il est emmerdé.

— Dis à ta mère que je comprends pour Véronique et que Véronique a tort.

— Il comprend pour Véronique, Véronique a tort.

— Il ment, ça fait trois mois qu'il ne comprend rien.

— Tu mens, ça fait trois mois que tu ne comprends rien.

— Mais si, je sais que ta mère ne joue pas la comédie quand elle a des migraines. Elle a vraiment besoin de repos.

— Il te croit pour tes migraines, t'as vraiment besoin de repos.

— N'importe quoi, il ne comprend rien.

— N'importe quoi, tu ne comprends rien.

— Elle m'emmerde.

— Il t'aime.

— Moi aussi, je l'aime quand même.

— Elle t'aime quand même.

Tu n'auras peut-être pas de papa mais tes grands-parents t'occuperont beaucoup.

*

« T'as des glaçons ? » me demande ma mère.

Je fouille mon congélateur et lui dégote un glaçon tout rond, tout beau. Face au récipient sous mes yeux, l'image me saute à la tronche. Je pourrais congeler mes ovocytes. Conserver ce bout de moi, qui fera tant d'autres moi, je pourrais m'assurer d'être maman dans dix ans, dépasser les quatre-vingt-neuf mois sans problème, faire taire l'urgence et l'horloge qui s'agite au-dessus de mon crâne.

En Espagne, le médecin me le proposera : ça fait partie du package, c'est une option supplémentaire, il suffit de cocher une case pour stopper mon empressement.

Le glaçon de ma mère plonge dans son verre, mon ovocyte sent le Martini, il fond et c'est son heure.

Je me dis pourquoi pas et m'étonne, dans mon obsession, de ne pas y avoir pensé plus tôt. Je me dis aussi qu'en attendant, tu vas avoir un peu froid.

*

Arnaud va bien. Hier soir, il a photographié une petite impasse dans Paris, il trie ses photos sur ordinateur tandis que je regarde celles de son passage chez une amie dont la vue sur Paris est imprenable. Je les classe, de celle qui m'émeut le plus à celle qui m'inspire le moins.

Arnaud voudrait exposer. Notre soirée est donc studieuse.

— Jeanne, tu veux des enfants ?

— Euh oui, plus tard, je verrai, pourquoi ?

— Comme ça. Tu prends bien la pilule ?

— Oui, bien sûr.

— Laquelle ?

— Cerazette.

Soit il en veut aussi, soit mes jambes en l'air après chaque rapport ont éveillé un soupçon chez lui.

— Et toi, t'en veux ?

— Non.

Soit tout le monde se ment, soit mes jambes en l'air après chaque rapport ont vraiment éveillé un soupçon chez lui. Il me prend en photo, je souris trop tard.

« Je ne suis pas une ville de nuit, moi. »

Nous faisons quand même l'amour, j'ai le sentiment d'insister et je le sens gêné, quelque chose ne tourne pas rond. Je ne lève pas les jambes après le rapport.

Deux jours plus tard, devant sa pharmacie, il m'avoue que ses collègues m'ont repérée. Que c'est bien moi. Qu'il en est sûr maintenant. J'ai dû acheter une vingtaine de tests en quelques mois. Merde. Elles ont fait le lien avec Arnaud, elles nous ont déjà vus causer quand je venais acheter de l'aspirine ou autre. Et la photo d'avant-hier – celle où je pose en ville de nuit – a confirmé leurs doutes.

— Tu te fous de ma gueule ? Je croyais que tu prenais la pilule, t'as plutôt l'air de guetter une grossesse. Ça pue, putain.

— Ça pue de quoi ?

— Ça pue qu'on n'est pas un couple et que je ne suis pas un donneur de sperme.

— Mais je ne veux pas d'enfant.

— Et pourquoi tous ces tests de grossesse ?

Je ne sais pas quoi dire, alors je lance « ma mère » et je pars. Si tu as germé hier, alors je te promets qu'on mettra le réveil toujours très tôt pour observer le soleil se lever et que, le soir, on se dira que c'est complètement nul quand il se couche. On ne le regardera pas faire, on fermera les yeux devant les villes de nuit et on se barricadera chez nous, lumière à fond, jusqu'à l'aube.

Je ne reverrai jamais Arnaud. J'ai l'impression qu'on m'ôte une chance, un peu comme si on me retirait un ovaire.

C'était un mec bien, Arnaud. C'était un mec bien que je ne voyais que comme un géniteur, c'est vrai. J'aurais pu le voir comme un potentiel compagnon, j'aurais pu tisser une histoire avec lui et faire le tour du monde à l'œil. Finalement, je serais peut-être tombée enceinte plus rapidement qu'en utilisant ses bourses. Moi qui suis persuadée que faire un bébé va plus vite seule qu'à deux, je me plante peut-être. J'avais la possibilité d'emprunter une route commune et peut-être que sur cette route, tout va plus vite.

Je m'en fous, l'Espagne en avion, ça va très vite aussi, je rattraperai le temps que j'ai perdu.

*

Nicolas me retrouve pour courir au cimetière du Père-Lachaise. On risque de se faire virer d'un moment à l'autre.

— Bizarre de courir au milieu des morts, je dis.

— On leur donnera peut-être un second souffle.

Avec Julie, tout se passe bien. Ils partagent de très bonnes soirées, ils ont commencé trois séries en même temps et ils ont prévu d'aller en Auvergne chez les parents de Nicolas dans deux semaines. Puis il me demande de mes nouvelles, alors je lui confie que tout est terminé avec Arnaud. Mais je suis peut-être enceinte. On a couché ensemble quelques jours avant.

— Tu fais un test bientôt ?

— Bientôt. Il faut attendre une dizaine de jours.

Nous continuons de partager quelques foulées et passons devant la tombe d'Henri Salvador.

« Hé vous, là ! Qu'est-ce que vous fabriquez ? On ne court pas ici, sortez de là. »

On accélère dans un fou rire, Nicolas fait coucou à Édith Piaf et nous poursuivons notre footing dans les rues du XIXe arrondissement, en slalomant entre les piétons.

— Les morts nous dérangeaient moins, dit-il.

— Je ne te le fais pas dire.

81 mois

Je ne veux pas avoir mes règles, je déteste ce rendez-vous, cet instant où ma culotte me certifie que je me suis encore plantée et que, non, je ne suis pas enceinte. Chaque mois, j'appréhende ce moment, je ne veux pas y être, pas me déshabiller, pas m'observer. En plus de m'annoncer un échec, les règles ôtent tout suspense, elles font tout basculer en trois minutes, bousillant mon espoir. Un test de grossesse négatif aussi, mais lui, je choisis de le faire, je me prépare et, si je veux, je le remets au lendemain, histoire de rêver une nuit de plus.

J'aurais bien attendu une nuit de plus pour découvrir que je ne suis pas enceinte d'Arnaud. Déçue, j'ouvre mon agenda. L'Espagne arrive à grands pas, je peux bien avoir mes règles jusque-là, je peux même les avoir tous les jours. Puisqu'elles manqueront au rendez-vous peu de temps après le mien.

*

À la Maison des Lilas, mon grand-père me demande comment je vais.

— Je viens de faire un test de grossesse, c'est négatif.

— Montre.

— Je ne vais pas te montrer ça, papi.

— Si, ça me rappellera quand j'en faisais.

Je lui tends le test que j'ai encore dans mon sac.

— C'est positif, Charlotte.

— C'est négatif et je m'appelle Jeanne.

— Il y a une barre, Charlotte. C'est positif.

— Peut-être pour les hommes, mais pas pour les femmes.

— Ah oui, ça doit être ça, on n'a pas les mêmes tests.

Je lui raconte alors que je vais aller en Espagne pour une insémination. Et que je suis heureuse comme tout.

— Pour faire quoi, tu dis ?

— Une insémination. Je vais recevoir du sperme d'un inconnu dans mon utérus. Et je serai enceinte. Et tu seras arrière-grand-père.

— Tu me fais plaisir, Charlotte. Tu l'as dit à ta mère ?

— Oui, enfin, tu lui as dit avant que je ne le fasse.

— Ah non, moi, je sais tenir un secret !

Il rit de lui-même.

Je sors de mon sac des pâtisseries qui se sont fait la malle pendant le voyage.

— Tiens, pour ton anniversaire. Joyeux anniversaire !

Je dispose trois bougies sur un éclair au chocolat.

— Ils ont fêté ton anniversaire, ici ?

— Ce soir. Mais ils sont tellement en retard que ça ne vaut plus le coup.

Il souffle. Les bougies chantent et ne s'arrêtent pas.

— Ça me casse les oreilles, fais-les taire.

— Mais non, c'est drôle.

— Heureusement que je ne suis pas vieux, ça nous aurait encore plus cassé les oreilles.

*

Assise dans le laboratoire de mon quartier, j'ai un petit ticket entre les mains. Numéro 47. J'attends patiemment mon tour au milieu des laborantines qui vont et viennent, des patients qui sortent avec un pansement dans le pli du coude et des bocaux à pipi qui se tendent. Je dois réaliser une tripotée de tests pour mon rendez-vous d'accueil en Espagne.

Je tends l'ordonnance que Cohen a bien voulu me faire, ainsi que ma carte Vitale.

— Date de naissance ?

— 27 août 1982.

— Lieu ?

— Melun.

— La date de vos dernières règles ?

— La semaine dernière, le 2 mai.

— Ça va ?

— Euh, oui, merci.

— Vous êtes à jeun ?

— Oui.

Et j'ai faim. Elle me rend mes documents. Et je patiente de nouveau en attendant qu'une infirmière m'appelle. À côté de moi, il y a une femme enceinte jusqu'au cou. Elle touche son ventre sans arrêt, j'en observe les mouvements, je suis impatiente de les reproduire, d'être moi aussi dans ma dernière ligne droite.

« Mlle Marmouset ? »

Je suis l'infirmière jusque dans une petite salle. Elle me demande pourquoi je suis là, je réponds un simple check-up. Elle serre mon bras d'un élastique épais et je grimace :

— Vous avez peur ?

— Je n'aime pas ça.

— Vous n'allez rien sentir.

— Je préfère les détartrages.

— Ah bon ?

— Même les frottis.

— Je pique.

Mon ventre gargouille. Je tourne la tête pour ne pas voir l'aiguille et fixe une affiche sur laquelle est inscrit en gros : « La capote protège du sida. » J'ai envie de me ronger les ongles, je me sens mal. Oui, la capote protège du sida. Mais elle protège aussi de la grossesse. J'ai soudainement peur des résultats.

L'infirmière n'en finit jamais de pomper mon sang, j'ai la tête qui tourne. Mon cœur bat de plus en plus vite et d'un coup, c'est le trou noir.

Je suis réveillée quelques minutes plus tard, il me semble, par des tapes sur mon visage. Deux infirmières essaient activement de me fourrer un sucre dans la bouche. « Mademoiselle ? »

Elles m'expliquent que j'ai fait un petit malaise. Elles m'aident à me relever et à enfiler mon pull.

« Patientez un petit peu avant de rentrer. »

Je m'assieds de nouveau dans la salle d'attente, la tête entre les mains. La femme enceinte est toujours là, elle semble en pleine forme. Je n'en suis même pas à la fécondation que mon corps me lâche.

J'appelle Nicolas pour qu'il vienne me chercher. En attendant, je gagne ma première partie de 2048. L'avenir sent bon.

Dès que j'aperçois Nicolas, je cours vers lui et me réfugie dans ses bras. C'est la première fois que nous nous touchons autant. Ses mains hésitent et finissent par m'envelopper. Nous restons comme ça trois minutes. Quand je reprends mes esprits, il me propose de marcher un peu. Nous errons dans les rues de Paris et je lui dis tout. Comment tout a basculé quand j'ai vu l'affiche sur les infections sexuellement transmissibles et ma peur.

— Mais t'es con ou quoi, Jeanne ? Tu savais bien ?

— Oui, bien sûr. J'ai simplement la trouille de découvrir les résultats, de constater que j'ai fait une connerie. Arnaud avait fait un test. Mais j'ai couché avec d'autres.

— Tu auras quand les résultats ?

— Dans deux jours. Le facteur me les apportera.

Il esquisse un sourire.

Nous continuons notre promenade, nous entrons dans quelques magasins, Nicolas s'achète des chaussettes, les siennes sont toutes trouées, Julie en a marre.

« Elle me fait flipper, parfois elle ressemble à Alice, je te jure. »

*

Je n'ai rien. Mon corps est sain, tout va bien. Je relis cent fois les résultats, je veux être sûre de tout comprendre. Je les remets dans l'enveloppe pour mon rendez-vous du mois prochain à Madrid. Le dossier est prêt. J'envoie un petit message à Nicolas pour le rassurer et le remercier. Il me répond que Julie est contente pour les chaussettes mais qu'ils ont mangé bio hier soir.

*

Je suis dans l'appartement d'Alice et Alfred, sans Alice et Alfred, seulement avec le petit Alban. Ils sont à leur cours de verrines. Alice avait déjà enfilé son tablier sous son manteau en partant. « C'est plus pratique, comme le maillot de bain avant la piscine. »

Je viens de vérifier que le lait n'était pas trop chaud et je lui donne le biberon. Je le serre fort dans mes bras. Et comme le jour de l'accouchement, et toutes les fois d'après, je suis saisie par la volonté d'avoir mon petit à moi, de l'aimer, de le voir grandir, de lui dire que la vie, c'est pas si mal foutu. D'être mère et d'avoir un enfant. Le mien.

Il boit, il tète, il me fixe d'un air de dire que c'est trop bon et je suis ravie d'y être pour quelque chose. Quand il fait son rot, j'ai envie de faire une fête. Il joue avec ses mains, ses pieds, il a l'air de les découvrir.

Je n'ai pas envie de le coucher, je lui chante des chansons, je le garde près de moi, il me tient chaud. Je ne connais pas de comptine alors j'opte pour du Dany Brillant, ses parents vont me détester.

Je joue avec son ventre, je lui fais des chatouilles quand je lui change sa couche, après avoir minutieusement lu les consignes sur le paquet. Il explose de rire et fait parfois de drôles de bruits qui me font rire à mon tour. On dirait qu'il essaie de chanter, il me donne la réplique. Il m'aime bien, forcément qu'il m'aime bien. Je cherche à tout prix à tisser une relation avec lui, j'aimerais qu'il me reconnaisse quand je suis là, j'aimerais compter pour lui, j'aimerais entendre son premier mot, j'aimerais piquer cette occasion à sa mère. Je me sens si près de lui ce soir. J'ai l'impression que ça revient à voir Alice à poil.

De retour sur le canapé, toujours avec Alban et le sentiment qu'il est mien, je feuillette le carnet d'Alice. Celui de l'anniversaire, qui traîne sur la table basse. Je tombe sur un début de discours et tourne aussitôt la page. Je découvre alors le plan de table. Je suis assise à côté de Boris et à la même table que Julian. Aurélie n'est pas inscrite.

Je couche Alban et m'allonge sur le canapé, prête à regarder la télévision. La sonnette me sort de mes songes. Je sursaute, je n'aime pas la visite des inconnus.

Je m'approche d'un pas léger de la porte d'entrée en espérant faire le moins de bruit possible. Évidemment, je me prends les pieds dans le meuble à chaussures et l'insulte en silence. À dix centimètres de la porte, mon œil s'ouvre et pénètre le judas. Mon cœur bat vite, j'hésite à crier : c'est qui ? C'est Alice ? T'as oublié tes clés ? Mais je reconnais Julian, ses cheveux, tête baissée, qui regarde ses pompes, son téléphone ou sa ceinture, ou les trois en même temps.

Je tremble immédiatement. La sonnette qui retentit à nouveau n'arrange rien. Ouvrir, ne pas ouvrir. En avoir envie, ne pas en avoir envie. Un peu des deux. J'entreprends de lister les pour et les contre, je gigote, comme si une envie impérieuse d'aller aux toilettes m'encombrait, je regarde les murs, les photos, les écharpes qui pendent aux portemanteaux – bleues, rouges, jacquard –, je fixe tous ces éléments comme s'ils détenaient une réponse, je les interroge et exige leur avis rapidement comme si je craignais que Julian ne déguerpisse. Dans la seconde, Alban se met à pleurer, ou plutôt à hurler depuis sa chambre. Je suspends mon souffle à nouveau. Ne plus respirer. Puis ça cogne à la porte, trois fois et d'un gros poing.

Un tour de clé dans la serrure, je tire la porte doucement vers moi et penche la tête.

« Ah, salut Jeanne. Alfred et Alice ne sont pas là ? »

Julian a toujours dit Alfred et Alice, j'ai toujours dit Alice et Alfred.

— Non, je garde Alban, ils sont sortis.

— Ah, bon, tant pis.

— Tu veux entrer ?

Il hésite, il baisse les yeux. Je ne porte pas mon pull de patineuse.

— Non, c'est bon, je venais juste chercher une poussette. Je reviendrai.

— Ah. Pour Lila ?

— Non, pour aller au boulot.

Il rit. Moi aussi. Sur le pas de la porte, un bref silence s'installe. Puis il montre la cage d'escalier de ses deux index, les pieds tournés dans cette direction : « Bon, bah, je vais y aller donc. » Il disparaît aussi vite. Je file chercher Alban pour le calmer. Comme la dernière fois, au contact de ma peau, il s'apaise. Mais ma peau tremble. J'ai un bébé dans les bras et Julian vient de partir. L'espace d'un instant, j'imagine qu'il est juste descendu aux poubelles.

*

Je m'assoupis à moitié sur le canapé, les pensées au passé. Peut-être que Julian est vraiment descendu aux poubelles. Peut-être qu'il va remonter, faire cuire des pâtes et me caresser les cheveux. Allumer la télé, zapper une heure et conclure qu'il vaut mieux aller se coucher. Faire la vaisselle ou bien prétendre qu'il la fera demain. Aller embrasser le petit et ne pas réussir à le quitter.

J'ouvre les yeux, je me force à sortir de mes songes. Le décor d'Alice et Alfred m'apparaît. La poubelle est là, pleine et là. Il n'y a pas de vaisselle à faire. Je prends un magazine féminin qui traîne sur la table basse. Au test « êtes-vous plutôt dominée ou dominante au lit », Alice a obtenu cinq réponses A. Elle est plutôt dominante.

Quand Alice et Alfred rentrent, je leur signale que Julian est passé chercher la poussette. Alice dit :

— Le con, on lui avait dit quand tu veux sauf jeudi.

— Aurélie vient à l'anniversaire ?

— Oui, normalement, pourquoi ?

Elle me fatigue avec ses petits mensonges, du train au plan de table.

— Comme ça. C'était bien, les verrines ?

— Super, on fera saumon-avocat.

— Super.

— Boris aime tout ? Il a des allergies alimentaires ?

— Il est allergique aux crevettes, il ne digère pas le lait, il n'aime pas les légumes, mais vraiment aucun légume, et il mange sa viande cuite comme une semelle.

— Tu te fous de moi ?

— Non. Et moi, je n'aime pas le saumon.

— T'es chiante, arrête. Allez, rentre bien.

*

La chambre est pouilleuse. Je n'ose même pas regarder l'état de la salle de bains. Je suis tombée sur la pire location de Madrid. Puisque je n'ai pas encore payé la propriétaire, je dépose les clés sur le paillasson et file en douce à la recherche d'un hôtel.

« C'est complet, désolée. » « C'est complet, désolé. » « C'est complet, désolé. » Je traverse la Plaza Mayor au milieu de centaines de personnes qui savent où aller, qui ont un point A et un point B. J'erre au milieu, je dessine des cercles sur les pavés, je cherche une direction mais je n'en ai visiblement pas. Alors je rappelle la dame de la petite chambre. Elle ne comprend rien à mon manège, moi-même j'ai la tête qui tourne. Entre mon anglais raté et son espagnol dont je ne capte pas un mot, le dialogue est difficile. Avant de rentrer, je m'arrête manger une paella sur un coin de terrasse dans une assiette en plastique. C'est dégueulasse. J'aurais pu faire plus classe avant de te rencontrer, j'ai l'impression de me pointer à un entretien d'embauche en tongs.

Je me perds en rebroussant chemin, autant que je me suis perdue en venant au centre. Je finis allongée sur un petit lit de camp, assommée, entre angoisse et excitation. J'aurais aimé qu'on se débrouille autrement, qu'on n'ait pas à se pointer devant des médecins gantés aux dents très blanches, j'aurais voulu que tout ça semble plus naturel, que ça se fasse pendant un corps-à-corps. Le côté médical de mon initiative me fait un drôle d'effet, je trouve que ce sera moins sympa de te raconter que t'étais dans un cathéter plutôt que dans les testicules d'un monsieur qui chevauchait maman. Enfin, ce sera peut-être moins sympa à raconter mais ce sera plus facile.

Après toutes ces émotions, je suis épuisée. Il me faut trois minutes pour m'éteindre. On n'a jamais été aussi près de se rencontrer.

La clinique est moderne. Je suis postée devant, je l'observe, mon petit sac de voyage à la main, comme si je m'apprêtais à entrer dans un couvent en quête d'une nouvelle vie. Tout peut se jouer ici. La décision actée le soir de mon anniversaire prend forme, une forme ronde, plus précise que jamais. Mon projet se dessine parfaitement, il ne déborde pas, ses traits sont épais, bien gras, ils enveloppent toutes mes tentatives de faire un bébé, ils cadrent le tout, j'ai l'impression qu'ils me disent : on va prendre les choses en main, voici le plan.

J'emprunte l'entrée pour les patients étrangers. Il y a quatre hôtesses qui parlent dix langues en même temps. Je suis reçue dans un français impeccable. La dame me tend une liasse de papiers à remplir et m'invite à patienter.

Ma vie consiste à patienter.

J'ai une grosse dizaine de pages à lire. Je dois donner mon consentement. J'ai bien compris que j'allais faire un bébé toute seule via une technique d'insémination artificielle avec sperme de donneur.

Et puis je dois remplir une page concernant mes caractéristiques physiques sur lesquelles ils se baseront pour choisir le sperme.

Couleur de peau : claire. Couleur des cheveux : châtain foncé. Matière des cheveux : lisse. Couleur des yeux : marron foncé. Morphologie : normale.

J'ai l'impression, en cochant les cases, de te voir apparaître.

C'est fou comme tu vas me ressembler.

Sur les murs, il y a des photos de bébés partout, on voit des petits pieds, des bodys, des chaussettes. Les enfants semblent à portée de mains. L'espace d'un instant, j'ai l'impression que tu es dans un cadre, comme si leur réserve de bébés était pendue au mur et qu'il suffisait de faire son marché.

— Celui-ci, s'il vous plaît.

— Avec ou sans le cadre ?

Le médecin me convoque. Il est français. Ses cheveux sont roux comme ceux d'Éléonore. À ma place, elle aurait essayé de négocier son sperme.

Il me demande depuis combien de temps je pense à devenir maman. J'aime bien sa façon de me questionner, c'est humain, il parle de « devenir maman », pas de « faire un bébé toute seule ». Je réponds bientôt un an en hésitant, parce que ça va faire un an que j'essaie de tomber enceinte mais trente-trois que je veux être maman. Il rétorque un simple « d'accord ».

Ici, mon choix est commun, on ne remet pas en cause ma décision, on ne me met pas en garde. Un an, ou dix, ou trente, on s'en fout, ma légitimité est la même.

Le docteur regarde les résultats du labo que je lui tends. Tout est bon pour lui. Il me donne alors une petite blouse et m'invite à aller me changer dans un vestiaire. Je suis étonnée. Chez Cohen, je suis à poil, prostrée à deux pas de son bureau en attendant qu'il réponde au téléphone. Le médecin voit mes yeux s'écarquiller et me dit alors : « On ne demande pas aux patientes de se déshabiller devant le médecin comme si c'était la chose la plus naturelle du monde, on n'est pas en France ici ! » Je file donc au vestiaire et j'enfile ma petite blouse jetable.

Lors de l'échographie, il me montre mon utérus, mes trompes, et fidèle à moi-même, je ne comprends pas très bien le tableau. La seule chose que je distingue correctement, ce sont mes follicules, on dirait de grosses grappes de raisin.

« Il faut compter les grappes de raisin pour connaître votre facilité à produire de beaux ovules, me dit-il. Il en faut idéalement une quinzaine. »

Il m'explique que certaines patientes n'en ont que quatre ou cinq et que c'est plus compliqué. Voilà qu'il compte. Je croise les doigts. J'en ai dix à gauche, quatre à droite. Victoire. Boris dirait que je suis un très bon cru.

Ensuite, le médecin m'invite à faire un « test de transfert » pour que je sache à quoi m'attendre. Il va falloir choisir le bon cathéter, enfin mon corps va choisir. Je suis donc là, toujours jambes écartées, et voilà qu'il m'enfile dans le vagin des petits tubes de toutes les couleurs. Mon utérus se transforme en arc-en-ciel.

J'ai un peu mal, l'exercice n'est pas très agréable, je grimace.

— Vous faites du sport ?

— Oui. Pas mal.

— Vous êtes musclée. Votre corps a rejeté tous les cathéters un par un, sauf le modèle japonais high-tech.

Je rigole, il rigole, je suis une future maman complètement in.

Après le test, on se retrouve à son bureau. Il fait des schémas et explique mille choses sur l'insémination. Je ne comprends pas tout mais je n'ose pas le couper. Il connaît son job et ça me va très bien, pour une fois, de m'abandonner à quelqu'un qui prend le dossier en main et sait où m'emmener.

Dans ce brouhaha d'informations, je note quand même que la logistique est intense. Il faudra que je prenne des médicaments dès le premier jour du cycle, que je me rende chez mon gynéco tous les deux jours pour faire une écho et veiller à la taille de mes follicules. Il me faudra aussi faire contrôler mon taux d'hormones tous les deux matins au labo, je devrai scanner les résultats et me tenir prête pour l'insémination, parce qu'un matin je vais recevoir un coup de fil qui me dira : venez immédiatement.

Je pense à ce jour, je sais déjà comment je m'habillerai.

Mais avant tout ça, je dois faire un examen : l'hystérosalpingographie, pour m'assurer que mes trompes ne sont pas bouchées.

En espérant que de la lavande n'y ait pas poussé.

*

Avec le médecin, on a aussi parlé de mes ovocytes. Que je pourrais congeler. Face au docteur et à son grand discours, je me suis dit que non, je ne le ferai pas. Il me propose un bébé maintenant et m'offre aussi la possibilité d'en faire un beaucoup plus tard. Je sais bien que je n'ai pas à choisir, que les deux sont compatibles, mais je n'arrive pas à voir un « et », je vois un « ou ». Je veux un bébé maintenant.

Congeler mes ovocytes, ça reviendrait à renoncer au présent, ce serait avouer au futur que tout est possible chez lui, ce serait dire au temps qu'il ne m'effraie plus. C'est simple, si je fais ça, je vais me porter malheur, tout le monde va s'endormir sur mon projet et peut-être toi la première. Je te vois déjà me dire que la vie est sympa à Madrid et que tu n'es pas pressée de venir.

*

Aéroport d'Orly. Je descends de l'avion, je cherche le bus pour Paris. Les deux pieds bien ancrés dans le sol, je ne me suis jamais sentie aussi vivante. Je me sens bien chez moi, dans ma ville, je reviens plus entière, presque comblée. J'ai beau savoir où j'habite, c'est la première fois que je rentre chez moi en ayant le sentiment de savoir où je vais. Ce soir, j'en suis certaine, mon pendant statistique a vingt-six ans.

En rentrant, je frappe chez Félix et lui raconte mon aventure. Il trouve ça génial que j'aie autant de follicules.

— C'est un peu comme si on m'annonçait que j'avais plein de spermatozoïdes ?

— Plein de spermatozoïdes en forme.

— Ah ouais, il y a vraiment de quoi être fier.

— Et tu sais que mes ovaires sont trop musclés ?

— C'est grave ?

— Non, c'est classe.

— Jeanne Marmouset, quoi. On trinque ?

Nous trinquons. Félix met Las Ketchup à fond dans son appartement.

*

Quelques jours avant la soirée de départ de Léo, Boris veut que je l'aide à trouver un cadeau pour sa sœur. J'accepte. Puisque la procédure est engagée en Espagne, il n'est plus question de faire un bébé dans le dos de quelqu'un.

Nous nous promenons dans son quartier. Il s'arrête devant la vitrine d'une boutique de déco et hésite à entrer. Soudain, j'ai une idée :

« Offre-lui un hamster, le sien est mort. »

Il rigole et il est d'accord. Nous prenons le métro en direction de chez Truffaut. Depuis la ligne 6, Paris est belle. Je regrette qu'Éléonore ne reste pas.

Dans les rayons de Truffant, je baisse les yeux en passant la lavande, comme si mon regard allait me trahir. Nous nous postons devant les hamsters. Boris agite ses doigts contre les vitres pour leur dire bonjour. Je suis face à quinze Augustine complètement inertes.

Nous hésitons longuement, comme un couple devant les canapés chez Ikea. Lui ira mieux. Non, lui. Nous optons pour un hamster nain et russe. Un type plutôt laid.

— On l'appelle comment ?

— Le précédent s'appelait Augustine. Je ne sais pas.

Et puisque le vendeur qui nous remet la petite bête s'appelle Antonio, on choisit Antonio.

Au pire, si t'es un garçon, tu sais désormais à quoi t'attendre.

Avec Antonio dans sa cage, nous allons chez Boris. Nous nous installons sur son canapé et prenons un verre. Antonio est bruyant, il tourne à toute allure dans sa roue.

— Il est dingue.

— Il va vomir.

Boris me caresse la joue. J'ouvre grand les yeux et je me fige. Je devine ses dents, dans un sourire timide. Je lui demande de me raconter sa chute à vélo, sa cicatrice. Un truc tout bête. Sa mère tentait le premier footing de sa vie. Il l'accompagnait sur son vélo. Et puis, il roulait comme un fou, il est passé par-dessus le guidon. « Et paf, le trottoir », dit-il. Il a hurlé à la mort, sa mère a paniqué comme jamais. J'imagine ses petits yeux pleins d'eau, sa peur, la rue, les voisins spectateurs et le trottoir, son petit corps dans les mains des pompiers. Il m'attendrit comme un enfant.

Je me répète quatre fois que je ne dois pas succomber, et pourtant, à l'écouter, à sentir sa main sur ma joue gauche, je suis prête à me laisser faire. Je n'ai toujours pas envie de démarrer une histoire, je ne peux pas faire un bébé avec le frère d'Éléonore et je vais devenir maman. Boris semble attendre le parfait contraire, il touche mes cheveux, ma nuque, mon visage se planque contre son épaule, je voudrais disparaître mais je ne suis pas assez bien cachée. Nous faisons l'amour, pour le plaisir, avec un bout de latex, parce que ce fantasme génétique est devenu un fantasme tout court. Antonio stoppe immédiatement son cirque, subjugué par le spectacle.

— Pervers, murmure Boris.

— Flippant.

Au fil de ses baisers qui s'égarent dans mon cou, j'oublie l'Espagne, mon initiative et ma signature. J'oublie cette possibilité, je ne vois que celle qui se trouve sous mes yeux, cet homme que j'ai longtemps désiré et contre qui tu pourrais naître. Tu vas être belle, organisée, tu auras des goûts très fins, je serai obligée de mettre de la truffe dans nos purées. Ma main droite glisse sur son front, sa cicatrice.

En plein plaisir, j'oublie même Éléonore.

Ceci dit, heureusement.

*

La capote a craqué. Boris est nu dans son appartement, il fait les cent pas. Je ne dis rien, je me demande simplement comment j'ai pu penser si fort que j'ai tout fait exploser. C'est peut-être le destin. Alors je pense très fort à gagner à la loterie. Et à rendre la mémoire à mon grand-père.

Il me dit qu'il est désolé, vraiment désolé, qu'il est complètement clean, il me le jure vingt fois, il crache même sur sa table basse, regarde, promis. Je cherche un mouchoir pour essuyer son truc et il me demande : « Tu prends la pilule ? » Je dis que oui, il soupire, il retombe sur le canapé. Antonio court, nous restons nus sans parler pendant plusieurs minutes. J'aime bien son appartement, il y a des affiches de ciné partout, des bouquins, des piles de papier, c'est vivant.

Puis soudain, je me rhabille, je saisis mes affaires : c'était une bonne idée la capote, je ne sais pas si je suis heureuse qu'elle ait craqué, ma culpabilité est de retour, si puissante que cette fois elle me pousse dehors. Boris essaie de me retenir, il me demande encore pardon, j'essuie ses « pardon » à coups de « pas grave ». Une fois dehors, je me répète « pas grave » et je réalise qu'en effet rien n'est grave. Si Boris est ton père, tant pis et tant mieux, finalement il n'a jamais été convenu que je dévoile à la terre entière l'identité de ton géniteur, tout se fait et se fera dans le secret. Mon meilleur alibi sera l'Espagne et tu n'as pas intérêt à moufter.

*

Le lendemain matin, je m'arrête dans un petit café près de Bercy avant d'aller bosser afin de prendre rendez-vous pour l'examen au nom que je ne retiens pas, celui qui s'assurera du bon état de mes trompes. Au téléphone, une voix très douce me dit « juin, pas avant ». Je raccroche. Ils sont aussi vifs que dans la maison de retraite de mon grand-père.

*

Ce vendredi soir, la table est réservée au nom d'Éléonore Telle. Félix et moi arrivons en premier. Il est heureux d'être là, déçu tout de même de fêter le départ d'Éléonore.

Après tout, Lille, ce n'est pas le Canada.

Et puis tu cours très bien. Lille, t'y es en trois heures.

Très vite, Alexandra apparaît dans le restaurant, arborant un grand sourire. Elle dit qu'on va bien manger, bien faire la fête. Elle me raconte qu'elle est un peu emmerdée parce qu'elle ne trouve pas de colocataire pour remplacer Éléonore.

« Ça ne te dit pas, toi ? »

Je décline et m'épargne de lui dire que moi, si je débarque, c'est à deux.

Trois minutes plus tard, Boris et Antonio font leur entrée. À la vue de la cage, je ris instantanément. Boris salue Alexandra et s'approche de moi, timide. Il dépose une bise sur ma joue, ne sachant pas comment agir face à la coloc de sa sœur ou suite à notre dernière entrevue.

Petit à petit, la tablée se remplit. Éléonore se fait désirer. Nous commandons l'apéritif pour la faire arriver. Une initiative d'Alexandra.

Quand Mlle Telle arrive, tout le monde l'applaudit.

Éléonore reçoit des guides de Lille, un sac, un porte-clés « cheval » de la part d'Henri, qui n'a pas tellement compris le principe, et le petit Antonio. Face au hamster, elle bondit et me regarde tout de suite :

— C'est toi ?

— Et ton frère.

Son regard est malicieux, elle est certaine qu'il y a quelque chose entre nous. Si elle savait que ce quelque chose porte peut-être déjà un prénom, elle tomberait de sa chaise. Je ne lui dis rien, absolument rien de ce qui s'est passé entre son frère et moi. Parce que ses dix apôtres ne me lâcheraient plus d'une semelle. Elle saisit Antonio, le caresse du bout des doigts et nous remercie.

— Il s'appelle comment ? Ou elle ?

— Antonio, répondons-nous tous les deux.

Son regard malicieux se transforme en regard interrogateur. Plus tard, elle me prend à part et me demande si je veux finalement un garçon ou attends un garçon en cachette.

— Tes hamsters ne reflètent pas mon ventre, tu sais.

— C'est vrai. Sinon, j'en aurais déjà adopté dix.

Boris nous dépose, Léo, Félix et moi. Il attend que sa sœur et son nouveau prétendant filent et me garde avec lui dans la voiture. Il ne comprend pas ce que l'on vit. Je ne ressens pas le besoin de faire un point trois jours après notre soirée, ce point qu'ils font tous pour décréter si, oui ou non, c'était une erreur. Chez moi, il n'y a pas d'erreur. Seulement des tentatives.

En remontant, je passe rapidement voir Félix et Éléonore. Je dois me coucher tôt. Alice et Alfred se marient demain.

— Jeanne, vous avez assuré pour le mur bleu. Canon.

— Arrête, on dirait Alice.

Félix remet Las Ketchup.

— Toi, quand t'as trouvé une blague, tu ne t'arrêtes jamais, je dis.

— Danse.

Dix minutes plus tard, une dame de quarante ans environ vient frapper. Il est tard, elle est au bout du rouleau et voudrait bien dormir. Félix dit qu'il va baisser le son.

« Tu vois, c'est elle la connasse du cinquième avec ses talons. »

Éléonore bondit.

« Fallait pas baisser, fallait lui parler de ses chaussures. Attendez, j'y vais. »

À partir de ce soir-là, nous n'entendrons plus jamais la connasse du cinquième avec ses talons.

*

Le lendemain matin, je descends voir Jean-Pierre qui me coiffe pour le mariage. Il s'extasie devant « ma matière ». Je suis à deux doigts de lui tendre mes fesses.

Je remonte chez moi. Je mets un peu de maquillage, j'enfile ma robe, un chapeau et direction le métro.

Devant la mairie, Alfred est déjà là. Avec Julian, très élégant. Pas d'Aurélie. Je m'approche d'eux et les salue. La future mariée n'est pas encore arrivée.

Les parents d'Alice et la mère d'Alfred nous rejoignent avec Alban. Ils savent depuis quelques heures qu'ils sont là pour marier leurs enfants. La mère d'Alice a les yeux qui brillent et un mouchoir dans la main. « C'est trop d'émotions, c'est trop beau. »

Nicolas et Julie sont aussi présents, ils ont même assorti leurs tenues.

Trente minutes plus tard, Alice est là, magnifique, son carré blond parfaitement lisse encadre son joli visage. Les invités entrent dans la salle des mariages.

Ils ne sont qu'une petite dizaine. Puis je rentre avec les autres témoins, Julian et Quentin, le frère d'Alice. Ensuite, les futurs mariés nous rejoignent. Alfred au bras de sa mère, Alice au bras de son père.

Comme la tradition l'exige, le maire fait un petit discours, les futurs époux sont appelés, puis ils deviennent mari et femme, échangent les alliances, s'embrassent. J'ai les larmes aux yeux et Alban pleure pour moi. Alice me chuchote de le prendre parce que « ça marche avec toi ».

Je l'attrape. Alban porte une chemise blanche et un pantalon de tailleur. Il est tout beau, il sent le bébé. Je le serre contre moi, j'attrape sa menotte et joue avec. Il tourne ses petits doigts dans les miens. Il sourit, il bave, je l'essuie avec un de mes mouchoirs usagés. « Jeanne Marmouset ? Jeanne Marmouset ? » L'adjointe au maire m'appelle deux fois avant que je ne réagisse. Je dois aller signer. Je confie Alban à la mère d'Alice.

Julian et moi signons l'un après l'autre. Le stylo est ensuite remis aux mariés en guise de « souvenir ». Dix paires d'yeux brillent et personne n'arrive à quitter la salle.

Nous faisons quelques photos dans le petit jardin de la mairie. La tante d'Alice nous prend en rafales et ne cesse de répéter « *cheese* ». Vingt *cheese* plus loin, nous passons chez les jeunes mariés pour boire une coupe avant d'aller dîner au restaurant.

Alice est déçue des clichés qu'elle transfère sur son ordinateur. « Elle ne voyait rien, Tante Cheese, ou quoi ? » Alfred sert du champagne, la mère d'Alice s'occupe de disposer les petits fours du traiteur sur un plateau et fait le tour de l'assemblée. Des conversations se tissent ici et là. Alice demande à son père d'arrêter de fumer s'il veut voir grandir Alban, il fait la moue, le visage baissé, comme s'il regardait l'état de ses poumons et faisait des pronostics. Il raconte ensuite comment il a perdu son alliance dans le jardin, retrouvée à l'aide d'un détecteur de métaux emprunté à un voisin. Des rires fusent, ça parle d'amour, ça se remémore des cérémonies, ça en envisage d'autres. J'entends Julian dire que mercredi, il a pris un jour de congé pour voir Lila. Je trouve ça étrange. Pourquoi mercredi, pourquoi prendre un jour de congé ? Elle est où, Lila ? Avant que mille questions ne s'empilent dans mon esprit, je rejoins Julie. Elle s'est encore fait traiter de salope au boulot.

— Enfin, le mot n'est pas joli, pardon, mais en réalité, il m'a traitée de pute.

— Tu réagis comment quand c'est comme ça ?

— Je dis : « C'est ça, oui, c'est ça, tout à fait, je suis une grosse pute. » Mais je ne le pense pas, bien sûr, c'est juste pour le provoquer.

Elle est mignonne. Gênée, et mignonne.

*

Nous sommes fin mai. C'est notre dernier jour de boulot ensemble, avec Léo. On ne se parle presque pas. On a juste évoqué le mariage d'Alice et Alfred. Je lui ai montré quelques photos, elle a trouvé Julian très beau et a ajouté que ça avait dû me faire « un drôle d'effet ». Oui, un drôle d'effet, c'est tout à fait ça. Et Julian a dit qu'il allait voir Lila mercredi. On est mercredi, Léo veut le trouver dans le train et comprendre.

Nous contrôlons les clients, nous plaisantons avec Henri mais nos rires ne sont pas spontanés. Éléonore se demande si elle ne va pas regretter sa décision. J'aimerais lui dire que si, lui dire qu'elle la regrette déjà, je voudrais la kidnapper pour toujours et que l'on passe notre vie entre Auxerre et Paris, comme avant. Nous ne voyons pas Julian.

À moitié endormie dans la cabine, Éléonore pose sa tête sur mon épaule.

— On dirait que c'est la fin de quelque chose, dit-elle.

— Parce que c'est le début d'autre chose, si je peux me permettre un peu de banalité.

— T'es trop banale, comme fille. Ferme-la.

80 mois

Nicolas conduit la voiture de Julie Gaulois. Elle est à l'avant, une carte sur les genoux.

« Oui, je sais, je suis à l'ancienne, mais les GPS, ça se trompe. »

Je suis assise à l'arrière, je regarde le paysage du nord de la Seine-et-Marne. Nous empruntons des routes de plus en plus étroites pour rejoindre le domaine qu'ont loué Alice et Alfred pour leurs anniversaires. Un ancien hôtel.

Nous faisons une pause pipi en pleine cambrousse. Julie se cache entre deux portières.

— T'es longue, dit Nico.

— J'ai du mal à faire pipi quand on me regarde.

— On ne te regarde pas.

Une vessie vidée et trente minutes plus tard, nous arrivons à destination pour l'heure du goûter.

Alice est complètement excitée. Elle nous accueille un torchon à la main.

« Je vous fais visiter. »

La salle de réception est plutôt grande. Les tables sont déjà disposées pour la fête de demain soir. Au bar, des bouteilles attendent. Ensuite, nous découvrons les cuisines et deux chambres froides. Plus loin, des escaliers montent vers les chambres. Nicolas, Julie, Julian et moi dormirons dans l'annexe, l'ancien appartement des propriétaires.

Lorsque Alice prononce le prénom de Julian, elle grimace légèrement, d'un air de dire pardon, mais je ne pouvais pas faire autrement. Je lui demande alors, loin des oreilles qui traînent, pourquoi Aurélie ne fait pas partie de sa liste. Elle grimace cette fois pour de vrai :

— Elle ne peut plus venir, finalement.

— Et Julian arrive quand ?

— Vers vingt heures, je pense.

Avant d'aller déposer mes bagages dans le petit appartement, je salue Alfred qui écrit soigneusement les prénoms des uns et des autres sur des petits bouts de carton bleus pour le plan de table. Il colle même des gommettes « étoiles ». Je croise également d'autres de leurs amis déjà présents pour le week-end. La fameuse Chloé est là, qui donne le sein. Et Jim joue avec l'ordinateur et lance quelques chansons pour tester le son. On se dit bonjour de loin, un signe de tête pour lui, une main qui se lève pour moi.

L'appartement dans lequel nous allons dormir, qui se situe juste en face de l'ancien hôtel, semble ne pas avoir connu de visite depuis l'été dernier. Nous ouvrons les fenêtres en grand pour faire un peu d'air. Des toiles d'araignées nous font de l'œil dans quelques recoins. Julie et Nicolas installent leurs affaires dans la grande chambre, Julian dormira dans le salon et moi dans la mezzanine.

*

— On va courir ? lance Nicolas.

— Ouais.

Nous avons emporté nos baskets, histoire de profiter de l'air de la campagne.

« Ne vous perdez pas », s'inquiète Julie.

Et nous voilà partis. Je raconte à Nicolas mon rendez-vous en Espagne, le médecin roux et le cathéter japonais.

Kilomètre 1

« Tout peut aller très vite, je pourrais être enceinte cet été. » Il trouve ça génial. Il dit que si mon corps est high-tech, je pourrais peut-être faire un bébé en Bluetooth.

Kilomètre 2

Je lui avoue que j'ai couché avec Boris, que ça me gêne. Il veut démarrer une histoire, j'en suis certaine. Nicolas me dit de couper court. Surtout s'il y a l'Espagne. Il a raison, je vais dire à Boris que je n'ai pas envie de tout ça.

Kilomètre 3

Je pense au docteur roux. Moi qui ai tant cherché le visage qui me ferait un bébé, je l'ai enfin trouvé.

Kilomètre 4

« Et tu sais qu'Aurélie ne vient pas ? » Il sait.

« C'est bizarre, non ? » Il réfléchit.

Kilomètre 5

« C'est parce qu'ils ne sont plus ensemble, Jeanne. »

*

Je pile.

« Nico ? »

Il continue ses petites foulées en plein milieu du champ que nous traversons alors je l'appelle à nouveau. Il accélère, je hurle, il s'éloigne, alors je me troue les poumons :

— Nico, comment ça ?

— Avance, Jeanne.

— Non, mais tu me dis que Julian n'est plus avec Aurélie.

— Ils ne sont plus ensemble.

— Mais depuis quand ?

Il se tait et s'arrête. Nous marchons.

— Et vous le savez tous, bien sûr ?

— Bien sûr.

— Et pourquoi je ne le sais pas, moi ?

— Alice ne voulait pas qu'on te redonne espoir. Mais elle a pensé à te le dire quand tu étais obsédée par ton désir d'enfant.

Kilomètre 6

— Alice voulait te protéger.

— Mais c'est qui, Alice, pour décider de ce que je dois savoir ou non ? Alice ne protège jamais personne. Elle avait peur de quoi ? Que je cours après Julian ?

— Oui.

— Bon. Peut-être que je lui aurais couru après, en fait.

Nous rions. Nicolas, à ma droite, m'attrape par les épaules pour m'encourager à reprendre la course. Il me raconte qu'ils ne sont plus ensemble depuis le mois de septembre. Ils se sont séparés quatre mois avant l'accouchement. Bientôt un an.

Un frisson me parcourt le corps. Julian a presque fait un bébé tout seul. D'une certaine manière, ça me réconfortait qu'il l'ait fait à deux, que sa vie soit rondement menée, ça justifiait très certainement que l'on n'avait plus rien à faire ensemble même si ça me renvoyait à mon inexorable retard.

Kilomètre 7

Je me souviens d'un soir, chez mes parents, assise à la table en formica, mes coudes qui s'appuyaient dessus, puis reculaient. Ma mère qui me regardait faire, comme si j'étais bourrée de tocs, comme si je cherchais ma place sur les lieux de ma naissance – enfin, de ma conception –, comme si je cherchais une place tout court, moi qui apprenais quelques jours plus tôt que Julian m'avait remplacée. Les doigts de ma mère jouaient sur la table une petite musique dans un bruit sourd, le bruit de ses ongles. Elle, ce qu'elle cherchait, à cet instant, c'étaient des mots, des jolis mots, pour remonter le moral de sa fille. Elle m'a dit : « Viens, on va dans le jardin. » Autour de la table du salon de jardin, elle m'a forcée à parler. C'était étonnant, de la part de ma mère. Elle voyait bien que ladite Aurélie me retournait le cerveau, que j'imaginais de longues jambes, des pieds parfaits, l'amour infini, l'amour qu'elle et Julian démarraient sans crainte. Je n'ai rien dit à ma mère, rien de plus. Elle a laissé passer un moment de silence, reprenant le manège de ses doigts sur la table. Elle a regardé ses géraniums, ils étaient roses, rouges, ils étaient beaux, elle était fière de sa main verte, ça se voyait dans ses yeux. Puis elle m'a dit, très justement : si Julian est parti pour la femme de sa vie, il a eu raison.

J'ai voulu rectifier. « Julian n'est pas parti pour elle, maman. Julian l'a rencontrée après, quelque temps après. » Mais peu importe, je pense souvent que sans cette rencontre, il serait revenu vers moi. Je suis certaine que sans Aurélie, il serait rentré en France plus vite que prévu et aurait sonné chez nous à dix-neuf heures. Pardon, c'est moi, je reviens déjà mais je reviens avant qu'il ne soit trop tard.

Même si la phrase de ma mère était bancale, à côté des faits, je crois que ce sont les mots les plus sensés qu'elle ne m'ait jamais dit. Et certainement les plus réconfortants. Entendre que Julian avait raison ne m'enchantait pas. Mais j'étais d'accord. Qui n'aurait pas raison de partir pour la femme de sa vie ? Qui devrait se priver de courir après elle et de lui sauter au cou, de plaquer sa vie passée ? Cette phrase m'a longtemps suivie et, sans chevroter, je me la répétais, la trouvant forte, presque carrée. Si beaucoup de personnes ont essayé de me consoler lors de cette rupture, je certifie aujourd'hui que ces propos étaient ceux dont j'avais besoin.

Kilomètre 8

Je stoppe, je n'en peux plus. Nico freine également et émet l'hypothèse que Julian et moi recommencions quelque chose. Vous étiez un beau couple, vous aviez des choses à construire.

Kilomètre 9

Mais la vie a fait que. Les choses sont telles que. Je n'en sais rien. J'ai guéri, j'ai avancé, j'ai un projet en tête et lui, il a un bébé dans les bras. Je n'ai pas envie d'une histoire, c'est chose claire, et je ne crois pas qu'on puisse reprendre une relation là où on l'a laissée. Nous ne sommes plus les mêmes.

Kilomètre 10

Nicolas reprend ses foulées, je le suis. Il ne comprend pas pourquoi je ne veux pas d'histoire d'amour. On reparle d'Arnaud, de Boris, de ces hommes qui auraient pu me faire envie, me donner confiance. Nico me rappelle que j'ai toujours rêvé de ça, de rencontrer l'homme de ma vie et de fonder une famille dans une ferme retapée. Je ne sais pas expliquer pourquoi, aujourd'hui, ça ne m'intéresse plus. Julian m'a fait déchanter, je crois qu'un jour on grandit, on se rend compte d'un tas de choses, on réalise que la vie, ce n'est pas drôle, la mort, les maladies, les ruptures, les départs, rien n'est vraiment rose ou bien le rose est menteur.

Kilomètre 11

« Et puis je t'ai déjà expliqué, Nico. Le temps de construire une histoire, une histoire qui tient la route, le bébé m'échappera. Je n'ai plus le temps. »

Kilomètre 12

« Même si j'ai douté quand Arnaud est parti parce que, finalement, j'en ai perdu du temps à faire semblant avec lui. Je ne sais plus. »

Kilomètre 13

— Tu doutes beaucoup de ton projet, Jeanne.

— Parce que c'est normal de douter, de tomber et de se relever. J'ai mal aux jambes, là, dis donc.

— On a déjà fait treize kilomètres, tu parles beaucoup.

— Ah, quand même.

*

— C'était bien ? demande Julie.

— Oui.

Je suis encore en sueur, en train d'avaler un litre d'eau, lorsque mon téléphone sonne. C'est Éléonore.

— Je te dérange ?

— Julian n'est plus avec Aurélie. Depuis bientôt un an.

— Hein, tu me dis ça comme ça ?

— Oui.

— Jeanne ?

— Oui.

— Ça va ?

— Oui.

— T'es tellement choquée que t'es morte, en fait ?

— Oui. Tu t'es déjà fait retirer une verrue ?

— Non.

— C'est tellement froid que ça paraît chaud. Pour Julian, ça me brûle tellement que je suis toute froide.

— La théorie de la verrue inversée.

— Voilà.

Je ne sais même pas ce qu'elle avait à me dire.

*

Avant d'aller sous la douche, je recroise Julie étalée sur le canapé de l'appartement. Elle fait des mots fléchés.

— C'est quoi, le vin mousseux italien ? En quatre lettres ?

— Asti.

— T'es énervée, Jeanne ?

— Non.

Je me lave, me frotte, m'astique, me décape, je fais passer mes nerfs et ça sent très fort l'amande douce. Julian n'est plus avec Aurélie. Ça ne me dit pas pourquoi il fait des Paris-Auxerre. Ça ne me dit pas non plus ce qu'il fout le mercredi. Peut-être qu'Aurélie vit là-bas avec Lila. Peut-être que l'Italie, c'est un peu dans l'Yonne.

J'hésite à aller voir Alice. Lui demander pour qui elle se prend et de quoi elle se mêle. Lui expliquer une bonne fois pour toutes qu'elle a beau être « attentionnée » et tout aussi « dévouée », elle nous fatigue avec son désir de contrôler les vies de chacun, avec sa façon de prétendre savoir ce qui est bon ou pas bon.

En sortant de la douche, je suis déjà calmée. Et puis c'est son anniversaire, pas vraiment le moment ni l'endroit pour faire un esclandre.

J'aide Julie à faire ses mots fléchés. Elle est douce, sa voix m'apaise. Je passe le reste de l'après-midi avec elle. Nous allons marcher dans la campagne, mes jambes pèsent à cause du footing. Julie cueille trois jonquilles.

— Il y a des gens qui vivent là, je crois.

— Merde !

Elle balance les fleurs dans le jardin aux contours imprécis et se met à courir, comme une enfant qui craint de se faire prendre en flagrant délit.

*

Nous ne sommes que vendredi soir, c'est donc l'avant-soirée. Ceux qui sont déjà là sont réunis autour d'une table pour partager l'apéro et des coquillettes. J'aperçois Julian qui discute avec Nicolas. Ce dernier raconte qu'on a couru treize bornes en une heure et trois minutes. Julian retrace alors ses derniers entraînements et son temps au semi-marathon, il y a trois mois. Ça parle donc sport, score et équipement. Je me joins à eux. Deux minutes plus tard, la conversation dérive sur le cadeau commun pour Alice et Alfred. Le voyage en Grèce.

— Et Jeanne, tu garderas Alban ? plaisante Julian.

— Voilà.

Sa remarque me fait plaisir. À force de se croiser, je trouve qu'on est plutôt à l'aise. Après la rupture, je n'arrivais pas à le voir, Alice et Alfred le savaient, ils l'acceptaient très bien et s'arrangeaient pour qu'on ne se rencontre pas. Ils ne prenaient pas parti, ne défendaient personne. Ils n'ont jamais dit que Julian n'était qu'un connard parti construire trois écoles sur le continent voisin.

La soirée est courte, tout le monde veut s'économiser pour demain. Nous finissons à quatre dans notre appartement, devant les mots fléchés de Julie Gaulois. Et puis le portable de Julian affiche le prénom d'Aurélie. Il saisit l'engin et se lève d'un bond.

Peut-être que Lila vient de faire sa première dent.

*

Le lendemain après-midi, courbaturée comme jamais, je boite et aide Alice à dresser les tables. D'un coup d'un seul, elle part dans un long discours :

— Écoute, Nicolas m'a dit. Tu sais tout, c'est pour ça que tu voyais Julian dans le train, il va voir Aurélie qui est rentrée à Auxerre chez ses parents. Oui, je ne voulais rien dire, j'avais peur que tu coures après Julian, que tu espères tout recommencer avec lui, je t'ai trop vue souffrir pour accepter que tu y retournes, tu comprends. Bien sûr, j'ai pensé plusieurs fois à tout te dire, jusqu'à me demander s'il ne valait pas mieux que tu coures après Julian qu'après un bébé. Mais maintenant il y a Boris, je suis heureuse pour toi et ça me soulage. D'ailleurs, il arrive quand, tu ne m'as pas dit ?

— Il ne peut plus venir.

Elle soupire, elle a l'air extrêmement et sincèrement déçue. Je continue de plier les serviettes selon les consignes d'Alice. Forme nénuphar.

— On dirait un sexe féminin, non ?

— T'es con.

*

La soirée bat déjà son plein, Jim balance « du bon son », comme il dit. Il remue ses cheveux et tout le monde s'agite sur la piste. Les verrines ont fait leur petit effet, Alice a sondé l'assemblée et se promet de retenir la recette. Elle explique à Julie qu'il faut mettre plein de jus de citron dans la mousse d'avocat pour ne pas qu'elle noircisse.

« Oui, je sais. »

Alice demande à Jim d'arrêter la musique. C'est l'heure de son discours. Elle saisit le micro, les joues légèrement rouges. Le silence gagne la salle.

Elle remercie tout le monde d'être là. « Merci d'être venus, merci pour vos sourires. C'est bon de fêter le temps qui passe avec vous, de vous savoir là depuis très longtemps déjà, de savoir aussi que vous serez encore sur notre chemin. Nous sommes heureux, nous vieillissons mais nous ne le sentons pas. L'année dernière, nous avons mis au monde un très joli petit garçon, Alban. Nous sommes comblés, même si nous sommes vraiment crevés. Mais ce soir, on va faire la fête, très tard, pour célébrer notre union de la semaine dernière et nos trente-quatre ans. On s'en rappellera, de ce 4 juin. Appelez-moi madame. »

Alice lit scrupuleusement ses notes, on voit qu'elle a travaillé ses mots et répété des dizaines de fois. Une ola générale conclut ses propos, elle est heureuse et fière. Alfred porte Alban dans ses bras et lui fait faire un coucou à tous avant de le confier à mamie qui va aller le coucher.

En douce, Nicolas me dit qu'il ne sait pas la date exacte des anniversaires d'Alice et d'Alfred.

— Ça tombe en même temps pour qu'ils le fêtent ensemble ?

— Oui, tu n'as jamais remarqué qu'on fêtait toujours leurs anniversaires en même temps ?

— Si, maintenant que tu le dis.

— Ça fait trente-quatre ans qu'ils ont deux semaines d'écart.

Nous passons deux heures à table. Après le dîner, Jim relance la musique, Alice court sur la piste et se déhanche dans sa petite robe noire. Après un morceau, essoufflée, elle me rejoint et me demande une cigarette. Julian qui est à côté de moi explose de rire. « Toi, Alice ? » Elle dit : « Pour voir. » Nous sortons tous les trois et nous installons dans le jardin.

Alice tousse, ça nous fait marrer. « Tellement crade, votre truc. » Alfred, qui nous rejoint avec une bouteille pour recharger nos verres, attrape sa clope et la termine.

Julian s'amuse à rejeter sa fumée en faisant des petits ronds. Tout le monde essaie, personne n'y arrive. Aux premières notes de « Cendrillon », il m'invite à regagner l'intérieur et me traîne sur la piste de danse. Il saisit mes mains, je tourne et tourne encore. J'ai mal aux mollets, un peu au dos, beaucoup à la tête. Il est trois heures du matin. Je suis ivre et je suis bien.

Il serre fort mes mains, je suis cette Cendrillon, mes vingt ans tassés contre les siens, une vie paisible et la sensation qu'elle le sera toujours.

Je ris en dansant, en tournoyant, comme une patineuse qui porte un pull de patineuse. Nous faisons n'importe quoi, il tourne aussi, fait quelques pirouettes et attend que je l'applaudisse. Nous hurlons les paroles. Julian chante faux.

« Cendrillon, pour ses trente ans, est la plus triste des mamans. Le Prince charmant a foutu le camp avec la Belle au bois dormant, elle a vu cent chevaux blancs, loin d'elle emmener ses enfants, elle commence à boire, à traîner dans les bars, emmitouflée dans son cafard, maintenant elle fait le trottoir, elle part, jolie petite histoire, elle part, jolie petite histoire. »

Nous continuons de danser comme des fous, je reconnais ses mains, leur emprise, leur façon de me tenir et de m'entraîner. Je reconnais son odeur, j'oublie même que la Belle au bois dormant est venue la respirer. Il ne lâche pas mes mains et, toujours en dansant, nous empruntons petit à petit la porte de sortie.

Nous rentrons dans notre appartement plus tôt que les autres, en riant encore. Nous fumons une cigarette en chantant « Cendrillon », il tousse, me regarde, complètement perdu. Il rigole seul, un peu dans le vide, il remue la tête d'un air de dire « ce n'est pas possible ». Je ne sais pas à quoi il pense, il ne cesse de me sourire.

Moi qui pensais que mon feu d'artifice exploserait face à un test de grossesse, il se déclenche ce dimanche 5 juin, sur une petite banquette près de son sac de voyage, dans un baiser empreint de vieux réflexes. Julian me touche, me serre, me respire.

Nous sentons le rhum et montons dans la mezzanine.

Il dit n'avoir jamais vu ce soutien-gorge.

Jolie petite histoire.

*

Nous sommes allongés l'un sur l'autre, nos corps sous les combles en pleine étreinte, sur une couverture du petit appartement qui me semble un peu sale. Julian me dévore le cou. Et puis il relève la tête. Et puis il se prend une poutre.

Il hurle un « aïe », un « putain », un « connasse », un « pas toi, la poutre », il pose sa main sur son crâne et s'assied sur le lit. Il part dans un fou rire, j'ai mal avec lui. Nous nous rhabillons pour descendre chercher des glaçons mais ne trouvons rien dans l'annexe. Alors en douce, nous nous rapprochons de la fête pour aller fouiller les cuisines. Nous empruntons une petite porte discrète. J'actionne la grosse poignée de la première chambre froide, nous entrons à l'intérieur. Je saisis un paquet de haricots verts congelés et le flanque sur la tête de Julian. Il sursaute de froid.

— On sort, ça caille, dit-il.

— Mais ça va décongeler les haricots.

— On s'en fout, s'ils sont là, c'est que personne n'en veut.

— C'est pour demain midi, je crois.

— Ce n'est pas très bandant, les haricots les lendemains de fête.

En rebroussant chemin, on croise Alice qui nous demande ce que nous foutons là et ce que Julian a sur la tête. Elle s'approche de lui, monte sur la pointe des pieds, elle reconnaît le logo Carrefour et la suggestion de présentation d'un plat de haricots verts : « Mes haricots ! Rendez-moi mes haricots. » Julian lui explique qu'il s'est cogné, elle demande où, il dit « dans un mur », Alice répond :

— T'es bizarre, t'es bourré, rends-moi mes haricots, c'est pour demain. Si on n'a pas de haricots demain, tu mangeras tes doigts.

— Vendu.

Nous rentrons dans l'annexe tous les deux. Julian se dirige vers les toilettes, toujours ses haricots sur la tête. Quand il ressort, il dit que c'est la première fois qu'il urine avec des haricots sur le crâne et que ce n'est pas facile. Le sachet commence à décongeler, quelques gouttes d'eau descendent le long de ses tempes. Nous sortons fumer une cigarette. Le ciel est bleu foncé. Au loin, Balavoine chante qu'il s'appelle Henri.

— Ma mère a pleuré dans sa voiture quand elle a appris qu'il était mort, dit-il.

— La mienne achetait sa robe de mariée. Elle n'a pas voulu pleurer, pas ce jour-là.

*

Quand les autres reviennent de la soirée, nous sommes tous les deux sur le banc devant la maison. Nous discutons depuis une heure de qui nous avons été tout ce temps, l'un sans l'autre. Le Togo, les Paris-Auxerre, sa petite fille, son nouveau boulot, mon nouvel appartement. C'est simple et évident.

Julie s'approche de notre banc et s'assied entre nous. Elle ouvre ses bras et nous étreint tous les deux. Elle a trop bu et a l'air encore moins net que nous.

« Je reviens », dit-elle ensuite.

Nicolas se tape le front.

« Faut que j'aille lui tenir les cheveux ? »

*

Le lendemain midi, Alice propose une salade de haricots verts, « pas très épaisse parce que Julian m'a piqué un des trois paquets ». Tout le monde veut savoir ce qui s'est passé avec ce paquet de haricots verts et des blagues fusent autour de Julian, qui se serait donc pris un mur. Il me sourit, complice. Certains déjeunent, d'autres avalent du Paracétamol, d'autres encore enchaînent les cafés. Chacun va reprendre la route. Alice a un coup de mou, elle me dit que tout ça passe trop vite. Que c'était bien. « Et merci pour les serviettes, mais t'avais raison, ça faisait sexe féminin. »

Julian me dit au revoir en m'embrassant sur le front. Je rejoins la voiture de Nico et de Julie. Cette dernière passe le trajet à s'excuser d'avoir été malade. Elle a encore la nausée. Alors Nicolas freine en plein milieu de la cambrousse pour qu'elle ouvre la portière.

— Arrête de freiner n'importe comment, ça va mieux maintenant.

— C'est le moment ou jamais, après c'est l'autoroute.

— Ça va mieux, je te dis.

À l'arrière, je caresse légèrement mon front. Un peu comme une ado qui aurait touché son idole et se demande combien de temps elle va éviter de se laver. J'ai quatorze ans. Si seulement.

— Il s'est passé quoi avec Julian ? me demande Nico.

— Rapprochements.

— J'ai vu le baiser sur ton front.

— Je l'ai senti aussi.

Et puis le Gaulois hurle : « Freine Nico. » Elle ouvre la portière, elle vomit les restes.

— Elle m'épate, dit Nico.

— Arrêtez de vous foutre de moi, ça me fait vraiment mal à l'estomac.

*

À Lille, Éléonore me fait visiter son nouvel appartement. Immense. « Même le frigo est grand. Regarde un peu. » Elle l'ouvre et sort deux bières.

« Tu as couché avec Julian ? Je n'en reviens pas. Ce sont les ondes d'Antonio », dit-elle en décapsulant nos bouteilles, un sourire en direction de la cage.

Depuis la soirée d'Alice et Alfred, Julian m'a appelée plusieurs fois juste pour prendre de mes nouvelles. Nous avons été boire un verre, un soir. Un moment étrange, fait de longs silences qui ne nous gênaient pas. Il m'a aussi embrassée. Je me suis laissé faire, ne sachant comment réagir.

— Imagine que tu es enceinte de lui.
— Parce que je l'ai embrassé ?
— Parce que tu as couché avec lui.
— Mais non.
— Vous redémarrez une histoire, là ?
— Je crois. Mais ce sera Julian ou l'Espagne.
— Pourquoi ?
— C'est incompatible.
— Si tu n'arrives pas à choisir, prends mon frère.

*

Nous sortons ensuite rue Solférino, la rue des bars, là où les étudiants passent leurs soirées. Dans un pub bruyant qui me rappelle mes années d'études, nous buvons un verre. Un groupe de garçons rit bruyamment à la table voisine.

La musique est très forte, Éléonore hurle pour me parler.

« Non, mais franchement, Julian, il revient clairement, là. Tu vas foncer, Jeanne ? »

Je n'entends rien, elle répète ses propos en approchant ses cordes vocales de mon oreille gauche. Je vocifère en retour un :

— Tu crois au réchauffé, toi ?

— Oui, j'y crois. Vous êtes un plat qui se réchauffe bien.

— Hein ?

— Vous êtes un plat qui se réchauffe bien, je dis.

— Ah. OK, oui.

— Tu veux boire un autre truc ?

— Quoi ?

— Ce que tu veux.

— Non, mais je ne comprends pas ce que tu dis.

Julian m'appelle. Je sors quelques minutes pour lui répondre. Il me demande comment se passe mon week-end à Lille. En raccrochant, je me dis que tout recommencer avec lui est un gros pari sur l'avenir. S'il part avant de me faire un enfant, je regretterai jour et nuit de ne pas m'être fait inséminer. J'ai le cul entre deux chaises, à mille quatre cent quatre-vingt-treize kilomètres l'une de l'autre.

Ça me fait une belle jambe et un gros cul.

*

Une heure plus tard, après avoir discuté par intermittence dans le brouhaha du bar, nous rentrons chez Éléonore à pied. Ça fait du bien, ce silence. Je la regarde marcher dans sa nouvelle ville, les pas plutôt sûrs. Elle est radieuse et semble imperturbable. Nous traversons la Grand-Place.

« Hé, Léo. Ça te va bien, Lille. »

Elle sourit. Sur le chemin, elle me parle ensuite de son poste dans le Nord-Pas-de-Calais, et de Félix, avec qui les échanges sont brefs. Ça ne donnera rien. Mais elle a repéré quelqu'un au boulot, il s'appelle Sylvain.

— Il est mou, j'espère.

— Tellement.

Nous explosons de rire. Elle dit qu'elle a beaucoup à faire avec lui et qu'elle compte lui proposer un rendez-vous la semaine prochaine.

— Tu m'expliques comment on fait l'amour dans le train, sinon ?

— En « union de l'émeu », une sorte de levrette debout.

— Merci, ma grande.

*

Julian s'approche de moi dans un caleçon de sport douteux, un K-way sur les épaules, un sac à dos à la main. Nos corps restent à un mètre l'un de l'autre, le temps d'une seconde. Son visage rayonne, hésite, s'avance près du mien et m'embrasse. Je sursaute.

— Jolie tenue, me dit-il.

— Merci.

J'espère que mes entraînements avec Nicolas et Félix ont payé. Nous nous apprêtons à faire les dix kilomètres du XIIe arrondissement. Alice et Alfred nous rejoignent, puis Nico et Julie. Nous confions nos affaires à Alice et à Julie, puis nous nous rendons tous les quatre sur la ligne de départ. Ma poitrine se serre. Nous sommes beaux, tous ensemble, nos pieds vont suivre la même course, foncer dans la même direction.

Julian serre ma main à quelques secondes du départ et m'encourage. C'est l'heure des premières foulées sous un soleil grandiose. Je cours. Vite. Alice et Julie, avec leurs deux carrés blonds, me font de grands signes derrière les filets sponsorisés.

Je franchis la ligne d'arrivée au bout de cinquante minutes, épuisée, rouge, moche ; j'ai chaud, je transpire, Julian m'attend depuis quelque temps et se colle à moi, nos sueurs se mélangent, nos complexes s'envolent, nous connaissons quelques maladresses – ton bras ou le mien par-dessus –, le temps de retrouver nos gestes, de nous redécouvrir.

Les autres nous rejoignent. Alice prend quelques photos. Nous créons aujourd'hui de nouveaux souvenirs.

L'Espagne me semble déjà de l'histoire ancienne. Je m'assieds sur la chaise près de Julian et me blottis contre lui.

Je vomis.

L'effort m'a secouée.

Tous s'exclament : « Putain, Jeanne ! » Nico se précipite pour me tenir les cheveux. « Maintenant que je sais faire. »

*

Je suis devant une pharmacie avec Alice qui me pousse à faire un test de grossesse. Elle trouve ça étrange que j'aie vomi hier après la course. Et les verres qui ont suivi lors de la soirée ne sont pas passés. Chez Alice et Alfred, je me sentais fatiguée et nauséeuse.

— C'est quand, la dernière fois que tu as fait l'amour ?

— À ton anniversaire.

— Hein ? Avec qui ?

— Ton mec.

Alice ne rigole pas.

— Jeanne.

— Julian.

— Quoi, Julian ?

— Avec Julian. J'ai fait l'amour avec Julian.

— Avant ou après le coup des haricots verts ?

— Avant.

— Vous ne perdez pas de temps. Et Boris ?

— Plus de Boris.

— Ah. Pourquoi tu ne m'as rien dit ?

— Parce qu'il n'y avait rien à dire.

— Bon, viens, on va faire un test.

C'est bien la première fois que je ne suis pas l'auteur d'une telle initiative. J'ai même honte de demander à la pharmacienne.

Alice achète le test. « Celui qui écrit “enceinte” ou “pas enceinte” s'il vous plaît. » Nous sortons de la pharmacie et je lui demande pourquoi elle n'a pas pris un test premier prix. « Parce que plus c'est cher, plus c'est fiable », assure-t-elle.

Sur les ordres d'Alice, nous allons dans un café voisin pour savoir immédiatement ce qu'il en est. Elle commande deux Coca et je me dirige vers les toilettes. Je regarde les murs, les tags, les « je t'aime Antoine », les numéros de téléphone et les insultes. Je n'ai pas le courage de faire le test. Ce geste que j'ai tant reproduit, que j'ai souvent fait dans la hâte, aussi dans la peur ou le déni, ne me vient plus. Je n'y arriverai pas ; je ressors des W-C.

— Alors ? me questionne Alice.

— Pas fait, pas envie.

— Fais-le, Jeanne. Ce serait un comble que tu te fasses prier.

Je retourne aux toilettes comme une enfant qu'on force à aller au tableau réciter une poésie. Ma démarche est traînante, je sens à peine mes jambes, je voudrais tomber dans le trou que le serveur ouvre en face de moi pour s'approvisionner en fûts de bière.

Je n'ai jamais autant rechigné devant un test de grossesse. Je ne veux pas gâcher mes retrouvailles avec Julian. D'un autre côté, pourquoi ne pas les gâcher si c'est pour t'accueillir ?

Une petite voix me répète que je serais quand même gonflée de me plaindre d'un résultat positif. Est-il possible de recevoir un « peut-être » ou un « on ne sait pas », existe-t-il un état intermédiaire entre le oui et le non, un ni blanc ni noir, une grossesse entre parenthèses, un embryon que l'on met en quarantaine ?

Je déballe le test comme d'habitude, je ne lis même pas la notice. A priori, un test qui indique « enceinte » ou « pas enceinte » m'est accessible.

Je fais pipi puis respire un grand coup. Je me répète « pas enceinte, pas enceinte, pas enceinte ». Une minute plus tard, adossée au mur des toilettes, mes yeux lisent « enceinte, enceinte, enceinte ». Je louche tellement que le résultat est triple. Je m'assieds sur la lunette, c'est sale mais je m'en fous. Je sens une chaleur dans mon ventre, je te sens là, en triple et bien là. Mon cerveau s'excite en une seconde. Tu viens de sortir ton xylophone et danses comme une folle dans tes petits chaussons. Je ne bouge plus, tu joues si bien que je ne vais pas te couper dans ton morceau. Mes mains se posent sur mon ventre, puis rattrapent ma tête qui plonge en avant. Nous y sommes.

J'hésite entre pleurer de joie ou pleurer de peur, je pense à tous les verres que j'ai bus depuis que tu es là, j'espère que t'auras bien deux bras. Mes jambes flageolent, je cours à l'extérieur rejoindre Alice qui me demande : « Alors, c'est fait ? » Je lui tends le bâtonnet, elle le regarde, ses joues se gonflent, elle émet un drôle de cri – un « pouaahh » que je ne saurais refaire –, elle postillonne.

— Tu postillonnes souvent, Alice, quand même.

— C'est parce que j'ai un petit trou entre les dents, tu n'as jamais remarqué ?

Elle sourit et colle son visage au mien. « Bon, puisqu'on connaît le père, je suis soulagée », dit-elle en riant.

Je suis enceinte de Julian, évidemment enceinte de Julian. À croire que mon corps l'attendait. En fait, tu étais planquée dans ses berlingots. Je regarde Alice, perdue.

— C'est la merde, Alice.

— C'est vrai, c'est un peu la merde. Tu lui fais un étrange cadeau de bienvenue. Et il a déjà une fille de dix mois, ça complique la donne.

— Ce sera un cadeau d'au revoir.

— Tu ne peux pas garder cet enfant.

— Si.

— Va le dire à Julian.

— Non.

— Si.

— Jeanne.

— Alice.

*

Depuis deux jours, Alice m'écrit souvent : « Tu lui as dit ou je m'en charge ? » Je réponds « de quoi ? ». Et je touche mon ventre sans arrêt, dans mon monde et loin de tout. Je n'ai rien dit à personne, pas encore, sauf à Léo. J'ai refait deux tests de grossesse pour être sûre, j'ai lu les résultats très longtemps, toujours la même chose, enceinte ou deux barres. J'étais surprise de te voir toujours là, bien déterminée. J'ai gardé les trois tests, je te les montrerai, tu seras émue de voir que tu me faisais régulièrement signe.

Je savoure mon moment, ma bonne nouvelle, mon explosion de joie et ta présence. Ce parcours un peu fou. Aujourd'hui, tout prend fin. Ou plutôt, tout commence. J'arbore un air un peu niais qui redéfinit mon visage. Je dors, je danse, je bosse, je ne fume plus, je ne pense qu'à toi, j'ai l'impression de planer. Parce qu'au fond, je ne réalise pas vraiment. J'essaie de provoquer une prise de conscience, je prends des bains en me disant qu'on est deux dans la baignoire, et puisque je ne te vois pas, j'en déduis fièrement ta planque.

Hier, après le boulot, je suis allée acheter des guides pratiques sur la grossesse : j'ai lu, j'ai pris des notes, je me suis régalée et j'ai oublié Julian, parce que c'est beaucoup plus facile comme ça. Pourtant, je sais qu'il va falloir lui dire, je sais que l'information pèsera lourd et se dessinera sur mon corps. Elle deviendra incontournable dans quelques mois. Alors je devrai la lui annoncer, puis boucher mes oreilles et fermer les yeux pour ne pas découvrir sa réaction ; la balancer comme quand on jette une bombe, faire demi-tour et te protéger.

Léo, de son côté, continue de sauter de joie – enfin, par téléphone. Ça s'entend : elle capte mieux en l'air. Elle maintient que tout est possible, qu'il voudra peut-être de cet enfant, je lui réponds que c'est impossible, « Julian est papa, il sort d'une séparation, il est revenu vers moi seulement pour passer du bon temps ». Alors j'entends au téléphone de longs silences. Elle dit « je fais la gueule », elle dit « je veux que tu te remettes avec Julian », elle dit « I believe I can fly », elle dit « Antonio prie pour toi comme un taré », elle dit : « Je te laisse, j'ai rendez-vous avec Sylvain. » Je raccroche, imperméable à ses mots, parce que je m'en fiche que Julian soit content ou pas content, revienne ou ne revienne pas, parce que je ne veux pas savoir ce qu'il en est, et qu'au fond je sais bien ce qu'il en sera. Je suis heureuse avec toi, ici, à regarder mon ventre sous toutes les coutures, tous les angles, à chercher un arrondi, à me répéter qu'il faut patienter, l'arrondi viendra, tu viendras, alors je me touche encore, je t'interroge, est-ce que tu es bien là, bien accrochée. J'ai hâte de te voir dans la télé de mon « gygy ».

« Cette petite tache, là, c'est un bébé. »

*

— T'as des idées de prénoms ? me demande Félix.
— Augustine.
— Et pour un garçon ?
— Aucune idée.
— Félix.
— Prénom de chat.
— Je t'emmerde, Jeanne.

*

Je marche avec toi, je traverse Paris à pied, je te fais découvrir mon quartier puis les alentours. Près du cimetière, je ferme ma veste, tu es encore trop petite pour comprendre. Et tu as vu comme la rue Saint-Maur est longue ? On ira aux Buttes-Chaumont, si tu veux, on se roulera dans l'herbe. On entrera dans les petites boutiques que j'aime bien puis on changera de quartier, on traversera les Champs-Élysées, dans le sens de la descente, c'est plus facile.

Je saute dans le métro au dernier moment pour retrouver Julian. Je suis en retard. Je me dis que ça pue et je te dis « bienvenue ».

Bienvenue dans ce drôle de monde, bienvenue dans ma chambre. J'espère que tu seras heureuse, que tu ne m'en voudras pas trop. Je ferai du mieux possible et je ne t'en voudrai jamais de ne pas être venue le soir où j'ai pris ce Doliprane.

Julian m'a donné rendez-vous. Il m'a envoyé un message ce matin, il voulait qu'on aille dîner. Je ne lui dis rien. Absolument rien. Parce que je n'y arrive pas. Julian pense que l'histoire reprend à deux, elle reprend à trois, elle ne reprendra pas longtemps. Je n'ai pas envie de trop me questionner, je me concentre sur toi, uniquement sur toi. Julian est là, presque normal, tout à fait comme avant, je retrouve son comportement, ses gestes, ses habitudes, le vin rouge qu'il aime commander à table. Il est là et je le regarde faire, je ne me demande pas ce qu'il pense, je ne le lui demande pas non plus.

Et je pense à sa place. Je connais la chute de l'histoire, je l'anticipe et me protège, du même coup mes mains se posent sur ma ceinture. Je sais pertinemment que nous ne poursuivrons pas ce que nous sommes en train de recommencer. Alors je me persuade que je me fiche du retour de Julian, ce retour que j'ai tant attendu et qui va trébucher. Après tout, je t'ai attendue plus que lui.

Il remarque que je suis froide, il sent que quelque chose cloche. « T'es bizarre et tu ne bois pas. » Ça t'énerve. Pire, ça te vexe. Augustine Marmouset ne cloche pas.

Il parle de son patron chiant et de la concierge de son immeuble qui perd des colis. « Donc elle les vole, tu vois, on en a déduit ça avec les voisins. » J'écoute un mot sur deux. Parce qu'une seconde sur deux, je rêve de me planter dans le dénouement. Parce qu'au fond, je l'aime bien son retour. Je voudrais que tout soit propre, que Julian soit heureux d'apprendre ta venue, que ses pas soient sûrs. T'es quand même un joli cadeau. J'aimerais que Léo ait raison, que Julian n'appelle pas le Planning familial et ne me tende pas le téléphone.

Un instant, je me dis que j'ai tout ce que j'ai toujours voulu : Julian et un bébé de Julian. Bien que Julian n'ait rien demandé. Et que Julian soit un garçon à qui on ne fait pas un bébé dans le dos mais un bébé bien en face, droit dans le regard. J'imagine que nous sommes deux ans en arrière, Julian t'attend, je t'attends, tu débarques pour Noël. Le temps de ce dîner, cette sensation que vous êtes compatibles, complices, côte à côte, lui en face de moi, toi à l'intérieur.

Je savoure, j'aime la scène, j'aime vos présences et j'en profite parce que ça ne durera pas. J'étais loin de me figurer que ce serait lui ou toi.

J'essaie de ne pas trop penser à voix haute, je ne voudrais pas que tu croies à un avenir à trois. Et puis je ne pense plus tout court pendant le dessert, parce que ça me fait un peu mal de réfléchir à ce jour où Julian claquera la porte une seconde fois. Je la claque à sa place. Ma petite cuillère tombe, le serveur se précipite. Julian demande l'addition. Ce soir, il dort chez lui, il part tôt demain pour aller voir Lila.

Tu auras eu un papa le temps d'une course à pied et d'un dîner au restaurant. C'est pas mal, finalement.

*

Mon grand-père mange sa soupe. Je cogne ma bouteille d'eau contre son assiette pour trinquer.

— Je suis enceinte, papi.

— Ah bon ? C'est bien. Tu l'as dit à Jeanne ? Elle va être très contente, Jeanne.

— Elle est très heureuse, Jeanne.

Je l'embrasse fort. Très fort. Je me sens bien dans l'instant présent. Et j'ai peur, peur qu'il fatigue et ne te rencontre jamais. Quand j'étais avec Julian, il m'avait dit un soir, aux trente ans de Charlotte, alors que sa tête se tenait encore droite même si elle déraillait parfois : « Quand est-ce que tu me les fais, ces petits-enfants ? Je n'ai pas mille ans devant moi. »

Dans ses bras, je suis certaine qu'il a au moins neuf mois.

79 mois

Nous sommes le 3 juillet 2016. Je sors du labo, mes résultats sous le bras. Je suis enceinte. Enceinte de six semaines.

Pile.

Il y a six semaines, Alice et Alfred ne fêtaient pas encore leurs trente-quatre ans. Et aujourd'hui, le soleil tape fort.

Je vais retrouver Julian. Il est chez moi. Il va m'embrasser. Il va me demander comment je vais. Je vais lui dire. Je vais lui dire que je suis enceinte, parce que je ne peux plus le cacher, parce que je suis trop heureuse pour taire cette nouvelle, parce qu'on ne peut pas vivre une histoire d'amour tous les deux sans qu'il sache ce qui se passe dans mon ventre.

D'abord, je le regarderai, j'ouvrirai les fenêtres au cas où, je les ouvrirai pour rien, il bondira, il me dira que tout ça n'est pas possible, il se donnera l'opportunité d'hésiter, une seconde, pour ne pas passer pour un goujat, il ne sera pas un goujat, jamais. Il répétera que c'est impossible, nous ne ferons pas cuire de spaghettis, nous ne ferons pas la Belle et le Clochard, le

Clochard pensera me faire du mal, il ne m'en fera pas, il me laissera avec toi, il claquera la porte, il le fait tellement bien.

Et quand ce bruit sourd fera trembler l'appartement, quand la lourde porte refermera définitivement notre histoire, du XIVe arrondissement à la rue Merlin, quand elle me calfeutrera avec toi dans ce petit cocon à nous, rien qu'à nous, je penserai très fort que tout ça, ce n'est pas plus mal, vraiment pas, des fois que les cicatrices seraient héréditaires.

Je remercie

Constance Trapenard, mon éditrice, pour sa confiance et ses précieux conseils, ainsi que toute l'équipe de Préludes pour son investissement.

Déborah Lepunski, pour ses yeux brillants, ses mots justes. Et pour qui l'année 2016 sera le plus beau des tournants.

Anaïs Coudeville-Leroy, pour son témoignage.

Claire Aubier, Camille Anseaume, Audrey Ricoul, Mélanie Mâge, Sarah Bejaoui, Arthur Œuvrard, Géraldine Pistre, Garance Bauhain, Marion Chevrier, Emmanuel Jeudy, Fanny et Pierre, pour nos longues conversations sur nos ventres et celui de Jeanne.

Nico, pour les coulisses de la SNCF.

Maïlys et Loïc, pour les émotions du 29 décembre 2015.

L'équipe des Négociants, Paris V^{e}, pour son sourire et son accueil. Et pour m'avoir toujours laissé les plus grandes tables même à l'heure du déjeuner.

Ma mère, sage-femme depuis trente-quatre ans, qui exerce son métier avec cœur et talent. Mon père, qui me donne envie d'offrir un papa à mes futurs enfants.

Mathieu, pour avoir eu l'intelligence de ne pas me confondre avec Jeanne, et qui trouvera, quand je serai prête, ce roman au verso de son oreiller corné à la page 73.

L'HISTOIRE DE L'AMOUR MATERNEL

L'AMOUR EN PLUS

ÉLISABETH BADINTER

N° 5636

L'amour maternel est-il un instinct qui procéderait d'une « nature féminine », ou bien relève-t-il largement d'un comportement social, variable selon les époques et les mœurs ? Tel est l'enjeu du débat qu'étudie Élisabeth Badinter, au fil d'une très précise enquête historique menée avec lucidité mais non sans passion. Un livre dérangeant.

LES CONTRADICTIONS DE LA CONDITION FÉMININE

LA NOUVELLE ESPÉRANCE

ANNA DE NOAILLES

N° 33578

Ce livre raconte l'histoire d'une jeune aristocrate qui, au début du XX*e siècle, ne vit que de l'espérance d'être aimée. Elle rêve, cherche, et se laisse emporter par la passion, avant que minuit ne sonne le glas de ses illusions. Roman sentimental, mais aussi roman des contradictions de la condition féminine,* La Nouvelle Espérance *esquisse la peinture d'une société parisienne que Proust décrira bientôt, et met en scène une héroïne affamée d'amour à qui Anna de Noailles prête sa propre sensibilité, dans une langue subtile qui épouse avec élégance le bonheur et le chaos.*

Le Livre de Poche s'engage pour l'environnement en réduisant l'empreinte carbone de ses livres. Celle de cet exemplaire est de :
250 g éq. CO_2
Rendez-vous sur www.livredepoche-durable.fr

PAPIER À BASE DE FIBRES CERTIFIÉES

Composition réalisée par Belle Page

Achevé d'imprimer en mai 2018, en France sur Presse Offset par
Maury Imprimeur – 45330 Malesherbes
N° d'imprimeur : 227571
Dépôt légal 1re publication : juin 2018
LIBRAIRIE GÉNÉRALE FRANÇAISE – 21, rue du Montparnasse – 75298 Paris Cedex 06

36/3412/2